背中から抱き込む恰好で、卯佐美の痩身を抱きしめる。
「……っ！　あ…の……」

娼《しょう》館《かん》のウサギ

妃《ひめ》川《かわ》 螢《ほたる》
ILLUSTRATION：高《たか》峰《みね》 顕《あきら》

娼館のウサギ

LYNX ROMANCE

CONTENTS

娼館のウサギ

プロローグ

その子はガリガリに痩《や》せて、後に聞いた実年齢より、ずっと小さく幼く見えた。

細い四肢を縮こまらせ、抱えた膝《ひざ》に顔をうずめて、ソファの影に蹲《うずくま》っていた。まるで、陽《ひ》の当たる場所に出るのが怖いというように。

「出ておいでよ」

手を差し伸べても、怯《おび》えるばかりで言葉を発しない。

けれど、その大きな瞳《ひとみ》が救いを求めていることはわかった。自分も小さな少年同様に幼かったけれど、それでも庇護《ひご》欲を覚えるほどに、それは頼りなく、一筋の光に懸命に縋《すが》ろうとしているかに見えた。

「大丈夫、ボクがそばにいてあげるから」

ね？　と微笑《ほほえ》んでも、怯えきった野生の獣のように、小さな少年は動かない。根気よく、対する以外に方法はなかった。

大人たちは、ひとまず放置することに決めたらしかった。

でも自分は、細く小さな少年を放《ほう》っておくことができなかった。

この子が動くまで、自分もここを動かないと決めて、ソファの影に蹲る少年に、根気よく言葉をかけつづけた。

「おなかすかない？　あっちにいろいろあるよ。いっしょに食べよう」

キッチンから、好きに食べるようにと用意されている焼き菓子とパンを持ち出してきて、少年に見せた。大きな瞳が、ひとつ瞬いた。空腹なのは、少年も自分も同じらしい。

「はい、はんぶんこ」

一緒に食べようと、今一度声をかける。

小さな少年は、またひとつ瞬いた。

「ボクもおなかすいちゃった。はい、お菓子もあるよ」

自分も床に座り込んで、ソファの影から出てこない少年に、そっと近づく。出てこられないなら、自分が傍《そば》に行けばいい。

「そっちいっていい？　ジュースももらってきたんだ」

一本しかないから一緒に飲もうと、ペットボトルを見せる。そして、膝でにじり寄る。

小さな少年は、はじめ怯えたように壁に逃げたものの、パニックを起こすようなことはなかった。

じっとこちらをうかがって、危害が加えられないとわかったのか、それとも逃げる気力も体力もなかったのか、じっと縮こまったまま。

ようやく隣に座ることができた。

パンを半分に割って、差し出す。動かないので、少年の手に押しつけるように握らせた。それでも動かないので、食べて見せる。

「おいしいよ。あ、お菓子のほうがいい？」

フィナンシェの小袋を破って半分に割り、もう一方の手に握らせる。今度は甘い匂《にお》いを嗅《か》ぐように、顔を寄せた。

「お菓子だよ。おいしいよ」

根気よく言い聞かせる。こちらも食べて見せると、ようやくゆっくりと手を動かして、フィナンシェをもそり……と口にする。

ひと口食べたら、堰《せき》を切ったかのように、いきなりがっつきはじめた。手に握ったフィナンシェを潰《つぶ》す勢いで頬張《ほおば》って、案の定噎《む》せる。

「……っ、けほ……っ」

「大丈夫？　ジュースのんで！」

ペットボトルの栓を開けて口許《くちもと》へ。少年には五〇〇ミリリットルのペットボトルを支える力はない。

手を貸してやって、ようやく喉《のど》のつかえを流す。

「あわてなくていいんだよ。まだいっぱいあるから」

背をさすってやりながら、言い聞かせる。

ごつごつと骨の当たる、痩せこけた背中だった。

少年は、触れられていることに気づいてビクリ……と細い身体《からだ》を震わせる。恐る恐る……といった様子で顔を上げて、こちらをうかがった。

「大丈夫。もうだれも、きみをなぐったりしないから」

少年が何に怯えているのかは、自分をここに連れてきてくれた人から聞かされていた。ここに来た理由は違えども、今日からこの館《やかた》で一緒に暮らす仲間だと教えられた。弟だと思って面倒《めんどう》を見てやってほしいと言われた。

「ボクは勇毅《ゆうき》、葉山《はやま》勇毅っていうんだ。きみは？」

名前は聞いて知っていたけれど、でも少年の口から聞きたかった。

痩せこけた小さな少年は、長い睫《まつげ》を瞬いて、そして乾いた唇をゆっくりと開いた。

長く言葉を発することを忘れていたかのように、その声は掠《かす》れていた。けれど、勇毅の耳にはしっかりと届いた。

「尚史《なおし》……卯佐美《うさみ》尚史」

「尚史か……じゃあ、ナオって呼んでいい？」

小さな頭がコクリ……と振れる。

「ボクのことも、勇毅って呼んでいいよ」

「ユウ……くん」

ユウキが「いいね」とニッコリ微笑むと、少年はようやくぎこちなく微笑んだ。

可愛《かわい》らしかった。

可愛くて、愛しくて、絶対に守ってやろうと、このとき決めた。

心に傷を負った少年が、これ以上傷つくことのないように。二度と、傷つけられることのないように。

自分にも少年にも、もう守ってくれる親はない。

ここで、生きていくよりないのだ。この《蔓薔薇《つるばら》の家》と呼ばれる、白薔薇に覆われた館で、同じように引き取られてきた子どもたちと一緒に、生きなければならない。

「行こう」

手を差し伸べる。

「大丈夫、ボクがまもってあげるから」

少年が、小さな手で握り返してくる。弱々しいその手を、驚かさないように、ぎゅっと握った。少

年は、少し戸惑った様子だった。

ようやく腰を上げた少年の、足の細さに驚いた。

よろよろと歩く少年の歩調に合わせて、ようやくソファの影から出る。少年は、眩《まぶ》しそうに目を細めた。

「ナオ、こっちだよ」

手を引いて、広い中庭に連れ出す。

はじめて世界の明るさを知ったかのように、少年は大きな瞳をさらに大きく見開いた。

小さな手が、ぎゅっと縋りつく。

大丈夫だと教えるように、骨ばった背を抱きしめた。


少年の日の出会いは、まさしくインプリンティング——雛《ひな》が親鳥のあとを追うように、尚史は勇毅だけを己の世界に受け入れた。

大人は恐かった。

大人だけではない。自分をとり囲むすべてが恐かった。

けれど、勇毅だけは違った。

勇毅の存在が、暗闇に閉ざされた尚史の世界の一筋の光となった。

年齢を重ねて、少しずつ世界が広がっていっても、その中心にいるのは常に勇毅で、勇毅の存在なくしては、尚史の世界は成り立たない。

それではいけないと、十代の半ばには気づいていた。

気づけても、かならずしも実行できるわけではない。

心の傷は、それほどに根深い。

それに頼りたいのは、自分ばかりだと思っていた。

自立したくて、でもできなくて。

自立したくなくて、でも今のままでいいわけがないと思い直す。

そんなことを繰り返して、成長のない自分を日々恥じながら、現状を変えたいのか維持したいのか、もはやわからなくなっている。

1

オフィスに並んだパソコンのディスプレイには、大きなビルの警備室で見られるような映像が各々《おのおの》分割画面に表示されている。館内各所に設置された防犯カメラのライヴ映像だ。

それを横目に見ながら、予約の電話やメールに応じ、客を出迎え、キャストたちの相談にのり、様様な事務処理や雑務をこなす。

《蔓薔薇の家》の支配人を前オーナーに命じられたのが、大学を出てすぐのこと。それ以前は、副支配人として雑務に追われながら館の仕事を覚えるのに必死の毎日だった。

あれから数年、卯佐美《うさみ》の日常は副支配人時代とさして変わらないと言えるが、負う責任の重さは比較にならない。

ここ、《蔓薔薇の家》がいかなる場所なのか、それを考えれば当然のことだ。卯佐美は、ここに身を寄せる者たちを守るべき立場にある。その必要性がある、卯佐美が育った《蔓薔薇の家》という場所には、秘密があるのだ。

執務室のドアが、ノックもなく開けられる。

顔を上げると、およそこの世のものとは思えない美貌《びぼう》の青年が、ドアに背をあずける恰好《かっこう》で立っている。

「アサギ……？」

長い黒髪は無造作に細い背に流され、特別手を入れているわけではないのに、それがかえって色っぽい。濃く長い睫毛《まつげ》に縁どられた大きな瞳と、ふっくらとした唇、白い肌、しなやかな体軀《たいく》。自分とは違う人種だと、見るたびに思う。

自分より年下の青年に見惚《みほ》れてしまう。気だるげな空気を纏《まと》う、その艶《つや》は見慣れた卯佐美の目にも罪作りで、彼に入れ込む客の気持ちもわからなくない。

どうしました？　と、卯佐美が問うより早く、アサギはテーブルに小皿を滑らせた。可愛らしい焼き菓子が載っている。

「差し入れ」

手作りのスイーツだ。見た目に似合わぬ、彼の特技だったりする。これにありつけるのは、彼が気を許す限られた人間だけだ。

差し入れを口実にアサギが卯佐美を尋ねてきた理由にはすぐに察しがついた。

「まだ出張からお戻りではないようですね。予約は入ってませんよ」

彼が心待ちにする存在から、来訪の旨の連絡はここしばらく入っていない。

「ふぅん」

興味のないふりで、チラリとパソコンのディスプレイに視線を落とす。セキュリティ映像を映し出すディスプレイではなく、事務処理用のデスクトップだ。

「別に、あいつが来ようが来まいが、関係ないさ」

どのみち入ってくる金は変わらないのだから……と、アサギは蓮《はす》っ葉に言う。

「楽でいいよ」

そう言いながらも、彼がたったひとりの存在——客の来訪を待っているのは明白だった。

「近いうちにお土産をたくさん持っていらっしゃいますよ」

あながち気休めでもない言葉を返す。だが、卯佐美の言葉を素直に聞くようなアサギではない。

「愛人ですらない、男娼《だんしょう》に貢ぐなんて、バカの極みだ」

別に来なくていいよ、とそっぽを向く。

予約が入っていないか確認にきて、連絡がないとわかって拗《す》ねているのだろう。アサギが素直でないのはいつものことだが、それに付き合わされる身にもなってほしい。

「アサギ」

いいかげんに素直にならないと……と、忠告する。

「もう何度も身請けのお話をいただいているのに……」

長く専属契約をつづけている客からの申し込みを断りつづけているのはアサギ自身だ。だというのに、その客に執着する。そのあたりの機微が、卯佐美にはわかるようでわからない。

「ここは一時の快楽を買う娼館であって、愛人紹介所じゃないだろ」

受ける気などないと口を尖《とが》らせる。その反応こそ、拗ねているだけのものだ。

「たしかにここは娼館です。ですが、ここをつくられた前オーナーのご意志が別にあることは、あなたもわかっているでしょう?」

それでも今の状況を選択したのはアサギ自身だと因果を含める。アサギがそうした理由はわかっているものの、あえて口にはしなかった。

「……」

面白《おもしろ》くなさそうに大きな瞳を眇《すが》めて、ふいっと顔を背ける。長い髪を、苛立《いらだ》たし気に掻《か》き上げ、背を向ける。

手元のパソコンのディスプレイにポップアップウインドウが表示されるのを見て、卯佐美は美貌の青年を呼び止めた。

「アサギ」

足を止めるものの、振り返ることはない。

「小言なら聞く気はないよ」

不服気な声。それに構わず、卯佐美は事務連絡を告げた。

「いらっしゃいますよ」

「……え？」

瘦身《そうしん》が振り返る。尖った光を宿していた大きな瞳の奥に過《よぎ》る期待。

「今、成田に着かれたそうです」

よかったですね、とニッコリと微笑み返すと、如実な反応を示してしまった自分を恥じるようにまたそっぽを向いて、アサギは「暇人め」と吐き捨てた。

むろん、卯佐美に向けた言葉ではない。彼が待ちわびていた客への言葉だ。

いいかげん素直になりなさい……と、卯佐美が忠言を口にする前に、アサギは大股《おおまた》に部屋を出ていく。客を出迎える準備をするためだ。身を清め、彼を抱きしめる腕の主を待つのだ。

「……ったく」

開けたドアはちゃんと閉めていきなさい……などと、この場にいない人間に苦言を向けても意味がない。

しょうのない……と、ため息。支配人の卯佐美にも、御しきれない個性的な面々が、この館にはそろっている。

そこへ、開いたままのドアを閉めながら、長身の主が姿を現す。アサギが駆け出ていったほうへチラリと視線をやって、肩を竦《すく》め苦笑した。

「アサギは相変わらずみたいだな」

いつものことか……と、困ったような呆《あき》れたような笑み。

「ユウキ……」

気を許せる存在の訪問を受けて、卯佐美はようやく肩の力を抜いた。

「いつものやりとりです」

もう何度繰り返したかしれないと長嘆する。

「あいつの意地っ張りは筋金入りだからな」

卯佐美のデスクに置かれた手作りの焼き菓子に視線を落として、「そうとう待ちかねていたようだな」と笑う。

「暇を持て余していたんでしょう」

客を待ちかねて、暇を持て余し、食べきれないほどお菓子をつくってしまったのだろうと返すと、ユウキは「みんなのおやつができていいけどな」と、小皿にのった菓子をひとつ摘《つま》み上げた。

美味《うま》いのはわかっている。アサギの腕前は玄人跣《くろうとはだし》だ。

「それで、仕事のほうは？」

デスクの傍らで甘い菓子を美味そうに頬張る、《蔓薔薇の館》のナンバーワンであり幼馴染《おさななじ》みでもある男を見上げる。

長身に長い手足、適度に鍛えられた体躯、そして甘さのある華やかなマスク。かといって、ホストのような安っぽさはない。一方で、無駄なとっつきにくさもない。

女性に好かれるビジュアルに見合った洗練された所作と、何より話術。嘘《うそ》とわかっていても耳を傾けたくなる甘い声。

「マダムには、ご満足いただきましたよ、支配人」

彼らしい、飄々《ひょうひょう》とした口調で返す。それを聞くたび卯佐美の胸を抉《えぐ》る痛みの深さなど、まるで解さないといいった軽い口調だ。

「……そう」

視線をパソコンのディスプレイに戻し、ひとつ瞬《またた》く。

「お疲れさまでした」

休んでくださいと、支配人としての言葉を告げて、退室を促す。

だがユウキは、それに従わず、卯佐美のデスクに軽く腰をあずけ、言葉を落としてきた。指の長い綺麗《きれい》な手が伸ばされて、事務仕事をしている間に一筋二筋乱れた卯佐美の髪を梳《す》こうとする。その手を軽く払っても、ユウキは意に介さない。

「今日はもう上がりだろ、ナオ？」

根を詰める必要はないと言う。

「ここでは、支配人と呼んでください」

もはや何度言ったかしれない忠言。客はもちろんのこと、《蔓薔薇の家》で働くキャストたちに対しても示しがつかない。

「かたいこと言うなよ」

長い付き合いじゃないかと言う。問題はそこではない。

「ユウキ」

諫《いさ》めようと顔を上げたものの、やさしい光を宿して細められた瞳とぶつかって、言葉を呑《の》み込まざるをえなくなった。

それでも、すんなり頷《うなず》くのは抵抗があった。

「それに、まだアサギのお客様が……」

これではアサギを笑えない。わかっているのに、支配人という仮面を被《かぶ》らずにいられない。

「いらしたときに出迎えればいい」

ここのスタッフは卯佐美ひとりではないと言って引かない。ユウキはわかっているのだ。これくらい強く言わない限り、卯佐美が頷かないことを。

「アリス……じゃなかった琉璃《るり》がキッチンで腕をふるってる。食事にしよう」

少し前に、この館から卒業していった仲間のことだ。――が、オーナーに引き取られたために、その後も館に出入りして裏方仕事を手伝っている。

「琉璃の料理はオーナーのためであって――」

「大鍋《なべ》いっぱいのシチューを、オーナーひとりで平らげられるわけがないだろ？」

スタッフの賄いをつくっているわけではないと遮ろうとするも、正論で返された。

「琉璃だって、そのほうが喜ぶ」

「オーナーはその限りではないでしょうね」

可愛い恋人の手料理は、誰にも食べさせたくないはずだ。

「あんな顔してなにげに嫉妬《しっと》深いからな、オーナーは」

卯佐美の指摘にひとしきり愉快そうに笑ったあとで、ユウキはニンマリと意味深な笑みを口角に刻んだ。

「だからこそ、いいんじゃないか」

オーナーの渋い顔を肴《さかな》にするからこそ意味があるのではないかと、とてもオーナーには聞かせられないことを言う。

「私は馬に蹴《け》られたくありません」

オーナーはともかく、キャスト仲間皆の弟分として可愛がってきた琉璃の悲しむ顔は見たくない。

「多少の波風は蜜月《みつげつ》を盛り上げるスパイスにしかならないさ」

悪戯《いたずら》っぽくウインクして見せる。少年じみた表情とはうらはらに、ひそめた声の艶っぽさ。

「ユウキ！　軽口もほどほどに――」

支配人として今度こそ諫めようとした卯佐美だったが、思わぬ存在によって邪魔された。

ノックの音と、控えめにかかる声。

「失礼します。支配人？　ユウキさん？」

いらっしゃいますか？　と問うやわらかな声は、たった今までふたりの話題の中心にいた少年……いや青年だった。

「お腹《なか》すきませんか？」

ひょっこりと顔を覗かせて、ニッコリと問う。やわらかな雰囲気は彼独特のものだ。可愛らしいと、誰もが思う。

「シチューをつくったんです」

手の空いているメンバーで夕食にしませんか？　とうかがいを立ててくる。

「オーナーが迎えにいらっしゃるのではありませんか？」

オーナーと一緒でなくていいのかと確認すると、「大丈夫です」と微笑んだ。少し寂しそうに見える理由はつづく言葉でわかる。

「今日は遅くなるって、さっき連絡がありました」

一緒に食べようと思って腕をふるったものの、肝心の恋人の帰りが遅くなることが判明した、ということらしい。ユウキが食事に誘いにきた理由もこれでハッキリした。

「そういうことでしたら、ご馳走《ちそう》になりましょう」

「はい！」

卯佐美の返答に、琉璃が嬉《うれ》しそうに頷く。

「俺はショートパスタ添えでたのむよ」

「すぐに茹《ゆ》でますね」

ユウキのリクエストに楽しそうに頷く。卯佐美には、「支配人のお好きなソーダブレッドもありますよ」とニッコリ。

「私のことなんて、気遣わなくていいんですよ」

わざわざ焼いてくれたのだろう。琉璃には、ひとに気を遣いすぎるところがある。ここで働く者たちに目を配るのは自分の仕事であって、伴侶《はんりょ》を得て幸せに暮らす青年が気を揉《も》むことはないのだ。

「そんなこと……っ」

つくりたいからつくっただけです……と、琉璃が慌てた様子で首を振る。突き放した言い方をしたつもりはない。琉璃もそれはわかってくれているはず。

「敞之《たかゆき》さんがオーナーになってから、支配人すごくお忙しそうで……」

自分の恋人が《蔓薔薇の家》に梃入《てこい》れをはじめたために、卯佐美が煽《あお》りを食っているのではないかと視線を落とす。

琉璃を伴侶として《蔓薔薇の家》から引き取った現オーナーは、前オーナーの孫で、時代に取り残されたかに存続しつづけてきた娼館に、まさしく今、改革をもたらそうとしている。その結果として、支配人の卯佐美が多忙を極めているのは事実だった。

「みんな支配人を頼りにしているんです。僕だって……」

だから無理はしないでほしいと言う。ここのところ、食事もろくにとれていないことに気づかれていたらしい。もしかすると、ユウキが要《い》らぬことを耳打ちした可能性もある。いや、そちらが正解だろう。

傍らに立つナンバーワンの存在に意識を向けながらも、視線は大きな瞳を不安げに揺らす青年に落とし、微笑みを向ける。

「ありがとう、琉璃はいい子だね」

もっと幼いころなら頭を撫《な》でてやったところだが、高校を卒業しようかという年齢の少年には、かえって失礼かもしれない。

「手の空いている皆で琉璃の特製シチューをいただきましょう」

卯佐美の言葉に大きく頷いて、「すぐに用意しますね！」と、琉璃が部屋を駆け出ていく。その背が廊下の向こうに消えてから、卯佐美は傍らの男を見上げた。

「琉璃に心配させるようなことを言ったのでしょう？」

疲れている支配人に美味《おい》しいものを食べさせてやってほしいとかなんとか……。責めるつもりはないが確認の意を込めて問う。

「俺はなにも。あの子が存外と聡《さと》いのさ」

自分は何もしていないと肩を竦めて微笑む。琉璃が気にしていたから、行動に移せるようにしてやっただけのことだ、という意味だ。

「疲れた顔をしているのは本当だぞ」

傍らから伸ばされた手が、卯佐美の頬を撫で、髪を梳く。首筋に手の甲を当てて、「熱はないようだな」と確認をとる。子どものころ、ちょっとしたことですぐに発熱していた卯佐美の記憶が濃いらしい、いまだにユウキはこうして気遣うのだ。

「子どものころとは違う」

やんわりと手を払う。

ユウキにとって、卯佐美はいまだに出会った当時のまま、痩せっぽっちの小さな弟なのだろう。

「無理はするな。おまえが倒れたら、ここは回らないんだからな」

そうだろうか……と反発の気持ちが湧いたものの、卯佐美はそれを飲みこんだ。

気遣うやさしい手は、幼いころからずっと卯佐美の傍らにあったものだ。けれど、卯佐美ひとりのものではない。

あるときまでは卯佐美ひとりのものだった。けれどあるときから、それは対価を必要とするものになった。――ユウキが客をとるようになってから。

金を余らせたどこぞのマダムに触れた手で、触れられるのは不快だ。けれどそれを口に出すことは許されず、不快感は支配人の仮面の奥に隠す。

けれど、卯佐美が表情に乏しいのは、それだけが原因ではない。

幼い日に受けた心の傷が、いまだに完治しないためだ。だから、《蔓薔薇の家》で一緒に育ったほかの仲間たちと同じことができず、自分は支配人でいるよりほかない。

自分はたぶん、誰よりも一番長く、この場所に囚《とら》われることになる。

ユウキがここを出ていく日が来ても……そう考えては、密《ひそ》かに身震いする。そんな自分は、ここに引き取られてきた幼い日から、少しも成長していない。

都心に近い高級住宅街の一角にひっそりと建つ、真っ白な蔓薔薇に覆われた高い塀に囲まれた洋館は、その存在を知る者たちから《蔓薔薇の家》と呼ばれている。

もとは華族の屋敷だったという。それを買い取って改修を施し、周辺の土地を買い取って敷地を拡《ひろ》げ、今のように広い庭を有する洋館にしたのは、先代のオーナーだった。

だが、その洋館がなんのために存在するのか、内部の者しか知ることはできない。あるいは、政財界に名を知らしめる人間しか、その存在を知ることはできない。

《蔓薔薇の家》は娼館だ。先代オーナーがこの洋館を手に入れたときから、政財界や上流階級のごく一部の人間を相手に、そうした商売をしてきた。

だが、ただ高級娼婦を提供するだけの場でもない。それは一部の政財界人に向けた表向きの顔でしかない。

《蔓薔薇の家》には、親を亡くし、行き場を失った子どもたちが引き取られてくる。そして成人するまでは、充分な生活と高等な教育とを与えられ、政財界の大物相手でも臆《おく》することなく言葉を交わせるだけの知識と教養と礼節を身につけることを要求される。

問題はそのあとだ。

成人ののち、《蔓薔薇の家》で育った者には、いくつかの選択肢が提示される。

多くの子どもたちが、親の遺《のこ》した多額の借金や、医療費などの負債を抱えている。それをどう返済するのか、その手段を自身で選択できるのだ。

そのなかのひとつに、たしかに男娼として働く選択肢が存在する。一番早く返済を終えられる手段ではあるが、リスクも伴う。

一方で、他《ほか》の選択肢では得られないメリットも存在する。顧客との強いパイプだ。

返済を終えたのち、もしくは客がそれを肩代わりしたのち、パートナーとして、家族として、跡取りとして、客に引き取られていく例は多い。それを、《蔓薔薇の家》では身請けという。

つまり《蔓薔薇の家》は、人材育成の場であり、政財界や上流階級との強いパイプを得るための場であり、すべては先代オーナー有栖川《ありすがわ》翁が、名家である有栖川家の繁栄と永続のためにつくった秘密の組織、といえるのだ。

男娼として働いて、早々に借金を清算し、館を出ていく者がいる一方で、男娼など冗談ではないと、己の才覚を活《い》かして社会に出、成功を成し遂げる者もいる。その両方の手段を利口に使って――まさしく前オーナーの狙《ねら》いはそこにあったわけだが――早々に借金を清算したうえで生涯の伴侶や家族を得、第二の人生を歩む者もいる。

客のほうも、ただひとときの快楽のためだけに、《蔓薔薇の家》の会員になっている者は少ない。その目的はもちろんのこと、己の眼鏡《めがね》にかなう人材との出会いを欲している。ある人は跡取りとして、ある人はビジネスパートナーとして、またある人は生涯の伴侶として。それが成り立ってしまうのが《蔓薔薇の家》という特殊な空間なのだ。

だが、およそ時代錯誤といえる《蔓薔薇の家》にも、変革のときが訪れた。

先代オーナーの急死によって、その孫が新オーナーに就任したのだ。有栖川翁のひとり娘が駆け落ちしたのちに生まれた子で、祖父である有栖川翁に対して、有栖川家に対して、思うところのある人物が、遺産相続というかたちで《蔓薔薇の家》を引き継いだ。

引き取った子どもたちの将来を最優先に、《蔓薔薇の家》に資金を投入していた有栖川翁とは違い、赤字経営など許さないという厳しい人物だ。有栖川家の財力に頼ることなく、ゼロから事業を興し、成功を成し遂げたやり手だ。まだ若いが、経済界では知られた人物だという。

数か月前、新オーナーが着任後の視察に訪れたとき、卯佐美はその場で《蔓薔薇の家》の解散を言い渡されることもありうると、落ち着いた顔の下、実のところ戦々恐々としていた。

だが新オーナーは、状況を的確に把握したうえで、徐々に変えるべきところには梃入れし、残すべきところは残す経営方針をとることにしたらしい。いまだもって《蔓薔薇の家》は存続している。

だが、その裏には、思いがけない怪我《けが》の功名があった。――琉璃だ。

《蔓薔薇の家》でアリスと呼ばれて育った有栖川琉璃は、結論から言うと、新オーナーに身請けされた。ようは、視察のためにやってきた新オーナーが、琉璃に惚れてしまったのだ。琉璃のほうも一目惚れだったことは、傍らで見ていた卯佐美にはすぐにわかった。

オーナーは、年齢差や琉璃の若さを考えて、あくまでも息子として引き取ると最後まで言い張っていたらしいが、結局は琉璃の頑固さに根負けして、恋人として、そして生涯の伴侶として、琉璃を引き取っていった。オーナーの籍に入り有栖川の姓を捨てたことで、琉璃はアリスと呼ばれなくなったのだ。

そうした変革の途中にあって、卯佐美の仕事も増えた。

それまではオーナーの指示のもと、現場の管理をするだけでよかったのが、新オーナー体制に移行後、経営に参画するようにと言われたのだ。

たしかに大学では経営学を学んだけれど、机上の論理と実地とではまるで話が違う。

まだ勉強の最中で、日々の仕事はすべて新オーナーの秘書からなされる。それをひとつひとつこなしつつ、いずれは卯佐美ひとりで《蔓薔薇の家》の経営をまわしていけるように、というのが新オーナーからなされた指示だった。

そんなわけで、ここのところ寝不足気味なうえ、食事もあまりとれていなかった。それをユウキに気づかれるのは仕方ないものの、《蔓薔薇の家》に身を寄せる者たち——キャストたちにまで心配をかけてしまうとは……。

卯佐美は常に、支配人の仮面を被っている。

そうしないと、人間関係を成立させられないからだ。

卯佐美が素の顔を見せられるのはユウキの……いや、勇毅の前だけで、ここに引き取られてきた子どものときからずっと、それは変わらない。

雛鳥のインプリンティングよろしく、卯佐美は勇毅にしか心を許せない。勇毅の存在がなければ《蔓薔薇の家》にいることはできなかった。いや、この世のどこにも、存在しえなかったかもしれない。


琉璃のパートナーである現オーナー——桧室《ひむろ》が姿を現したのは、琉璃の手料理がすっかりキャストたちの胃袋に消えたあとだった。

以前は《蔓薔薇の家》に住んでいた琉璃も、今はオーナーの元で暮らしている。学校のあとにアルバイトに来て、オーナーじきじきに迎えに現れるか、あるいは迎えの車を寄越すかどちらかだ。今日は本人が迎えに来た。

後片付けは他の面子《めんつ》でやるからと、琉璃をそうそうに追い返したのは、予定外に来客が遅れていて不機嫌なアサギだった。

成田に着いたと連絡が入ったものの、その途中で仕事に摑《つか》まったらしく、遅れる旨の連絡があった。すっかり出迎える気でいただろうアサギは完全に臍《へそ》を曲げてしまって、「断ってよ」と言いだす始末。それに頷いてみせたものの、もちろん卯佐美は断りの連絡を入れたりはしない。アサギが拗ねているから急いでもらえるようにと、状況うかがいの連絡を入れただけだ。

アサギは、キャストとして……つまりは男娼として客をとることで、負債を清算する道を選んだ。そこにはさまざまな理由があったが、結論として彼は、ひとりの客にしか買われていない。実のところ、そういうキャストも多い。

金で繫《つな》がった関係だと言われればそれまでだが、これまで見守ってきた卯佐美の目には、アサギと客の男性の関係は特別なものに見える。ただ、どこでボタンを掛け違ったのか、オーナーと琉璃のように、すんなりといかないでいるのは問題だ。

とはいえ、何度忠言してもとうのアサギが聞き入れないのだから仕方ない。客からは何度も身請け話をもらっているのに、何が気に入らないのか、アサギは断りつづけている。決して嫌がっているようには見えないのに。

「アサギも、もういいですよ」

裏方仕事は、それをする専任のスタッフがいる。客の相手をするキャストの仕事は、常に美しく己を保ち、教養を高め、客の興味を惹《ひ》きつづけられるように努めることだ。

部屋に戻りなさいと言うと、

「いいよ、暇だし」

すっかり拗ねきった声音で返してくる。

それを見たユウキが、しょうがないから放っておけ、と目配《めくば》せしてきた。

男娼としてアサギがナンバーワンの売上を誇る一方、ユウキはホストとしてナンバーワンの座にいる。ひとりの客と専属契約することで高額の報酬を得ているアサギとは対照的に、ユウキは専属契約を拒みつづけて今に至っている。

ユウキとアサギは、ライバルではあるものの、部門が違うのと、ユウキが年上なのもあって、争うようなことはない。そもそも《蔓薔薇の家》で暮らす面々は、皆仲が良い。それは先代オーナーがひとりひとりに目を配ってくれていたからだと、誰もが理解している。

ユウキは、兄貴分的立場で、年下のキャストたちに慕われている。それは、支配人として組織の枠のなかで管理する立場にある卯佐美には得難い関係性だ。

そのユウキが忠言すれば、さすがのアサギも聞くだろうが、あえてアサギの好きにさせようということらしい。ユウキがそう言うのなら……と卯佐美もそれ以上の言葉を呑み込む。

だが結論として、卯佐美とユウキの気遣いは無駄に終わった。

エントランスから、来客を知らせるベル。外門が開けられたことを知らせるものだ。そして、卯佐美のヘッドセットに、守衛から来客の知らせ。

「アサギ、部屋へお戻りなさい」

「だから……」

「お客さまです」

急いで、と卯佐美が言うより早く、アサギはダイニングを駆け出していった。

あんなに待ちわびているというのに、当人を前にすると蓮っ葉なことしか言わないのだから、天邪鬼《あまのじゃく》も極まれりといったところか。

「ホントに……いつになったら身請け話を受ける気になるのだか……」

何が気に入らないのか、卯佐美にはさっぱりだ。きっとふたりにしかわからない何かがあるのだろうけれど……。

「放っておけよ。馬に蹴られるぞ」

心配するだけ無駄だとユウキが笑う。

卯佐美とふたりきりのときに見せる表情は、ユウキのものではなく少年の日の面影を残した勇毅のものだ。

勇毅には使い分けているつもりなどないだろうが、卯佐美の目にはそう映る。だから卯佐美も、ふたりきりのときは、少しだけ肩の力を抜くことができる。仕事着といえる、執事服を身にまとっている間でも。

「そんなことを言って……」

長嘆をつく卯佐美に、「そのうち、おさまるところにおさまるさ」と、卯佐美とは正反対にユウキは楽観的だ。

「おまえも、今日最後の仕事だろ？」

車寄せに客ののる車がたどり着くタイミングを見計らって、迎えに出なければならない。

「ええ」

時計を確認して、足を向けようとする。その卯佐美を勇毅が引き止めた。

「なに……」

頬をかすめた指が、卯佐美の額に落ちかかる前髪を梳く。卯佐美の髪を整えて、勇毅は満足げに頷いた。

「あとは俺がやっておく」

そう言って、卯佐美の肩を押す。

「では、お言葉に甘えて」

着衣に乱れがないかを確認して、ダイニングを出る。卯佐美が玄関に出ると、門からつづく長いスロープを黒塗りのセダンがゆっくりと走ってくるのが見えた。

恭しく腰を折って客を出迎える。

「遅くなってしまって申し訳ない」

アサギが待ちかねた客は、後部シートから降り立つと、少し困った顔で言った。「アサギは怒っているかな」と苦笑する。

その手には、大きな花束と菓子の箱。

アサギは愛されていると、卯佐美は確信している。

そしてアサギも……。

金で繋がっているだけだとアサギは言うけれど、それでも卯佐美はアサギを羨《うらや》ましいと思う。

一度たりとも口に出したことはないけれど、アサギが客と専属契約を交わしたときからずっと、ただひとりの存在と簡単には切れない契約を結ぶことが叶《かな》った彼を、羨んできた。

自分には、できないことだから。

卯佐美は支配人を仰せつかったのではない。キャストになれなかったからしかたなく、支配人として《蔓薔薇の家》に置いてもらっているにすぎない。

自分には、他に選択肢がなかった。

キャストとして稼ぐことも、社会に出てせっかく身につけさせてもらった知識を役立てることもできなかった。

「アサギが、首を長くしてお待ちしております」

穏やかな笑みを浮かべる。

愛想がいいのではない。教えられたとおりにしか、ひとと接することができないだけだ。


客を迎えに出ていく細い背を見送って、勇毅はダイニングの後片付けを厨房《ちゅうぼう》をあずかるスタッフに任せ、部屋を出た。自室に上がる階段の途中で足を止めて、優美なアーチ窓から外をうかがう。ちょうど玄関が見えるのだ。

運転手付きのセダンの後部シートから降り立つ長身の客を腰を折って出迎える。卯佐美の所作は、礼儀作法の講師のマニュアルのように美しい。逆に言えば、人間味に欠ける。

だがそれは、卯佐美の精いっぱいの仮面であり、防護服だ。その奥に隠されたものに触れることが許されるのは自分だけ。

――『ボクは勇毅、葉山勇毅っていうんだ。きみは？』

――『尚史……卯佐美尚史』

幼い日の出会いから、すでに二十年弱。卯佐美が勇毅のことを「ユウくん」と呼んでいたのはすでに過去の話で、最近では「ナオ」と呼ばれることも拒むようになった。支配人としての責任感に縛られているためだ。

それでも、卯佐美を守ると決めた日の勇毅の決意は変わらないし、これからもそのつもりだ。そして、いつかふたりで《蔓薔薇の家》を出ていく。

その日のために、勇毅は……いやユウキは興味もない女性に愛想を振りまき、求められれば上っ面な愛を囁《ささや》きもする。相手がどれほど本気になっても、勇毅の心はそこにはない。すべては卯佐美のためだ。

卯佐美は美しい。そして優秀だ。

それでも、キャストとして多額の報酬を得ることもできなければ、社会に出て才覚を活かすこともできない。幼少時のトラウマを、克服できないでいるためだ。ゆえに彼は《蔓薔薇の家》に縛られている。

だからユウキは、ここにいる。

一日も早く、卯佐美を解き放ってやるために。

卯佐美がどう考えているのかは関係ない。この決意を当人に語ったこともない。それでも、勇毅は決めている。

卯佐美が心から笑える日がくるまで、自分は一番近くで見守るのだと……。

自室のドアの前までたどり着いたタイミングで、携帯端末が着信を知らせて震えた。ディスプレイを確認して応答ボタンをタップする。

「はい」

相手の用件はわかっている。以前は前オーナーの胸ひとつに収められていたことが、現オーナーの経営体制に移って、確認が必要になったのだろう。

「ええ、そのとおりです」

電話の相手は、琉璃のパートナーである桧室ではなく、その秘書の宇條《うじょう》だ。

『あなたが卯佐美くんの借金を肩代わりしていることを、彼は知らないのですね？』

当然だ。それが前オーナーと交わした約束だったのだから。

『時間をつくります。一度今後について話し合いましょう』

ユウキには、わかりましたと答える以外にない。

「自分が出向きます。ナオには知られたくないので」

まだ、話す時期ではないと思っている。どれほど短く見積もったとしても、どのみちあと数年は《蔓薔薇の家》を出られないのだから。

2

部屋のドアがノックされて、卯佐美は「どうぞ」と応じる。訪問者の素性は、パソコンのディスプレイに映し出される館内映像ですでにわかっている。

「失礼します」

ドアを開けたのは、卯佐美より一回りほど年上の、痩身の男性だった。縁なしの眼鏡がインテリな風貌を際立たせているが、その奥の瞳は穏やかだ。

「お疲れさまでした、ドクター」

ありがとうございます、とソファを勧める。そこにはすでに書類とペンが用意されていて、ドクターは頷きながら、ソファに腰を下ろした。

そこへ、用意しておいたワゴンの上のポットから湯気を立てるコーヒーをサービスして、「診断のほうは？」と尋ねる。

「寝不足からくる貧血でしょう。休んでいるのが一番ですが、本人が納得しないので、漢方薬を出しておきます」

症状に対しての代表処方の煎《せん》じ薬だが、苦さに一度で根を上げるだろう。嫌がるなら、それ以上は飲ませる必要はないと聞いて、卯佐美はホッと胸を撫でおろした。

「そうですか」

キャストのひとりが眩暈《めまい》を訴えて倒れたのだ。往診を頼んだドクターは《蔓薔薇の家》のOBで、今は民間の個人病院の院長をしている。総合医として有能な人物だが、東洋医学の知識も豊富で、症状に合わせていずれにも対応可能な柔軟な思考の持ち主だ。

子どもがなく、優秀な跡取りを欲していた前院長を《蔓薔薇の家》に誘い、ドクターに引き合わせたのは前オーナーだった。そのときから、《蔓薔薇の家》に身を寄せる者たちの健康管理を、この病院に任せている。以前は前院長が、代替わりしてからは彼が往診に来てくれる。

支払い関係の書類にサインを終えて、卯佐美の出したコーヒーに手を伸ばし、ドクターはホッと息をつく。そして、卯佐美に笑みを向けた。

「これまでどおり運営できそうでよかったですね」

ドクターも、新オーナー体制に代わって《蔓薔薇の家》がどうなるのか、心配していたひとりだ。

「ご心配をおかけしました」

恐縮する卯佐美に、ドクターは「でも思ったより早かったかな」と意味深な言葉を向ける。なにが？　と問いたげに卯佐美が長い睫毛を瞬くと、ドクターは「オーナーとアリスのこと」と茶目っ気たっぷりにウインクした。

「アリスを……ああ、今は琉璃くんだっけ、ともかく彼をオーナーの世話係につけたって聞いたときは、支配人の策謀かと思ったんだけど、違ったの？」

その結果、オーナーは琉璃に堕《お》ち、《蔓薔薇の家》の存続も決まった。たしかに、琉璃とオーナーの初対面のときに予感のようなものを覚えはしたが、そこまで考えて引き合わせたわけではない。オーナーには、琉璃の将来を保証してほしかっただけだ。

「まさか、私はそこまで……」

そんな頭のまわる人間ではないと言うつもりだったが、ドクターは少し違った角度から言葉を返してくる。

「腹黒くないのはわかってるよ。きみは純粋だ」

揶揄《やゆ》にしか聞こえない言葉に、卯佐美は反射的に目を眇めた。ドクターは、そんな卯佐美の反応をうかがうように目を細めている。

「最近はどう？」

さりげなく訊《き》かれているが、これは問診だ。

「普通にやれていると思います」

ドクターは、カウンセラーでもある。卯佐美の治療は、ずっと前院長が担当していたのだが、その役目もいまはドクターが引き継いでいる。卯佐美がたとえ医者であっても、多くの人と接するのを嫌がるためだ。

「まだ、ユウキ以外はダメ？」

勇毅以外に触れられるのは怖いか、という意味だ。卯佐美は「基本的には」と頷いた。琉璃のように自分より小柄で華奢《きゃしゃ》で強く出ることのないタイプはずいぶん平気になってきたが、それ以外は支配人の仮面を被らなければ向き合うことも困難だ。

ドクターは頷いて、手にしていたコーヒーカップをローテーブルに戻した。そして、「もう二十年近くか……」と呟く。

「ユウキと一緒に、早くここを出ていけるといいね」

その言葉には、曖昧《あいまい》に微笑むことで返答を濁した。勇毅はもうすぐ《蔓薔薇の家》を出られるだろう。けれど自分には、とうぶんそんな日はこない。あるいは一生、ここに縛られることになる。

腰を上げたドクターは、「薬はのちほど届けさせます」と、軽く腰を折って部屋を出ていく。痩身をエントランスまで見送って、「よろしくお願いいたします」と腰を折った。

走り去る車が、スロープの向こうに消えるまで見送って、卯佐美はようやく顔を上げる。背筋を正して、ひとつ息をつく。

時計を確認すると、次の来客の時間が迫っていた。

客同士が顔を合わせないように時間を調節してスケジューリングし、出迎えるのも卯佐美の役目だ。

とはいえ、《蔓薔薇の家》に直接出向いてくる客は、キャストと専属契約を結んでいる得意客だけだから、問題が起きることはほとんどない。

大変なのは、ユウキのように、外に出ていく接客形態をとっているキャストのほうだ。その間は、何があっても誰にも助けを求められないのだから。

だが、知る人ぞ知る存在である《蔓薔薇の家》と政財界の大物を中心とした顧客との間には、暗黙の信頼関係がある。それを乱す者があれば、排除することを、他の顧客も拒むことはないし、協力もしてくれる。結果的に、己の身の安全をはかることになるからだ。

今日は、次の客を出迎えたら、支配人としての仕事はひと段落だ。何か問題がおきない限り、オフィスで事務処理に没頭していられる。

ユウキは、午後から出かけている。今日は、客との待ち合わせの時間には、まだ早かったのに。

ユウキには、自分の知らない時間がある。《蔓薔薇の家》という狭い世界に閉じ込められている卯佐美には、それ以外の世界はないというのに。

――『出ておいでよ』

幼い日、差し伸べられた手をとっても、結局狭い世界から出られないまま、二十年近い時間がたってしまった。いいかげん見捨てられてもおかしくないころあいだ。

部屋に戻るために、キッチンの前を通りかかったとき、奥から破壊音が届いた。

ガチャン！　というそれは、キッチンスタッフが皿かグラスを割ったものとすぐにわかる。――が、
卯佐美にとっては、それだけで済まないものだった。

ビクリ……ッと、身体が硬直する。

物が壊れる音が、卯佐美の精神を、一気に二十年近く昔に引き戻す。

痛みと恐怖がよみがえる。

背筋を凍らせたまま、卯佐美はその場に茫然《ぼうぜん》と立ち竦んだ。

呼吸が浅い。

半ば眩暈を起こしてふらつきかけたとき、呼ぶ声があった。

「支配人？」

帰り支度をしてキッチンから出てきた琉璃だった。

「支配人!?　どうしたんですか!?」

驚いた顔で駆け寄ってきて、卯佐美の痩身に手を添える。琉璃の温かな手の感触が、どうにか卯佐美を現《うつつ》に引き戻した。

「……っ、琉璃……」

「顔が真っ青です。具合が悪いのでは？」

休んだほうがいいと、肩を貸そうとしてくれる。その細い手をやんわりと制して、卯佐美は壁に背をあずけた。

卯佐美がひとに触れられるのが苦手だと知っている琉璃は、それ以上手を伸ばしてこようとはしない。そのかわりに「お水もってきますね」と急ぎキッチンに戻る。ややして、ミネラルウォーターのペットボトルを手に戻ってきた。

「これ……」

「ありがとう。大丈夫だよ」

ペットボトルを受け取って、ひと口含む。飲みたかったというよりは、琉璃を安心させるために飲んだといったほうがいい。

「今日はもう上がりでしょう？　早く帰りなさい」

自分は大丈夫だからと促すも、琉璃は放っておけないと首を横に振る。

「でも……」

「私は大丈夫。少し疲れただけです」

壁から身体を起こした卯佐美を見て、納得しかねる顔をしたものの、卯佐美の笑みに促されて琉璃は「お先に失礼します」と背を向けた。

琉璃の痩身が廊下の角を曲がるまで見送って、卯佐美は重い足を引きずるようにして自室のドアを開けた。

ソファにたどり着くまえに膝が頽《くずお》れた。手を滑り落ちたペットボトルが床を転がる。肘掛《ひじかけ》に縋る恰好で、呼吸を整える。

あれしきのことで……と、唇を噛《か》む。最近は、こんな発作を起こすこともなくなっていたのに。

——『大丈夫、ボクがそばにいてあげるから』

幼い日はたしかに、いつも一緒にいてくれた。それが叶わなくなったときに、卯佐美は自立という言葉の真の怖さを知った。

時間だけが積み重なって、その恐怖が膨張しつつあるのを感じる。そのせいかもしれない。

ぎゅっと閉じた瞼《まぶた》をゆっくりと開けて、明かりの眩しさにならす。それから視線を巡らせて、床を転がったペットボトルに手を伸ばした。

震える手でそれを拾い上げて、どうにかキャップをひねる。唇の端から溢《あふ》れるのもいとわず、温《ぬる》い水を飲みほした。

手の甲で唇を拭《ぬぐ》って、それから深呼吸。

大丈夫だと、己に言い聞かせる。

着替えて、そして接客に出るのだ。それが、自分にできる唯一の役目なのだから。

インテリジェントビル高層階のワンフロアを占めるオフィスは、明るく、思いがけず活気に溢れていた。

社長室からの眺めは、ラグジュアリーホテルのスイートルームにも匹敵する。

だが、とうのここの主は、眼下に広がる景色になどまったく興味のない様子で、いかにも彼らしいと、勇毅は胸中で頷いた。

《蔓薔薇の家》以外での面談を希望したら、ここを指定されたのだ。

仕事に向かう前に立ち寄ったのだが、仕事向きの恰好で来たために、社員たちに思いっきり好奇の目で見られてしまった。

ファッション誌のグラビアを飾ってもおかしくないビジュアルの社長と秘書を毎日見ているのだから、自分程度なんてことないだろうに……と胸中で苦笑を禁じ得ない。社員たちから向けられるそんな視線にもきっと、この部屋の主は無頓着《むとんちゃく》なのだろう。

先代の死去を受けて新たに《蔓薔薇の家》のオーナーに就任した人物――桧室敞之は前オーナーの孫で、苗字《みょうじ》が違うのはひとり娘だった母親が駆け落ちして結婚したためだと聞いている。

新オーナーの就任を聞いたときには、卯佐美を筆頭に《蔓薔薇の家》に身を寄せる面々は、今後どうなるのかと戦々恐々としたものだった。

というのも、桧室という人物が、若くして成功を成し遂げただけのことあって、無駄を嫌うと聞いていたためだ。さらには、祖父である有栖川翁を憎んでいるという話も漏れ聞こえていた。勘当したとはいえ、病床の娘を見舞いもせず、弔電のひとつも寄越《よこ》さず、残された孫に手を差し伸べることもなかったと聞かされれば、桧室が自分は有栖川の人間ではないと言うのもわかる。

それでも《蔓薔薇の家》を相続したのは、その特性上安易に売りに出すことも、ましてや容易に解体することもできない組織だと感じたためだろう。

その桧室が、世話係についたアリスこと琉璃にコロッと堕ちてくれたのは、《蔓薔薇の家》に身を寄せる面子的には、ラッキーなことだった。

愛する琉璃と、琉璃が愛する《蔓薔薇の家》を守るために、桧室は水面下での根回しに奔走している真っ最中だろう。その実務の大半を秘書の宇條がこなしているのだとしても、すべては有栖川家の当主たる桧室の名前でなされることだ。

《蔓薔薇の家》の顧客には、政財界の大物が名を連ねている。それはイコール、有栖川家の人脈と影響力を意味する。

身一つで事業を成功させ、ビジネスマンとして今の地位を築いた桧室には、代々受け継がれる権威など意味のないものかもしれないが、それを使いこなしてこその有栖川の当主であり、《蔓薔薇の家》のオーナーでもあるのだ。

でなければ、あの特異な空間は守れない。

前オーナーが、決して大きな声では言えない手段まで使ってあの場を維持してきたのには、それなりに意味がある。名家として知られる有栖川家にとっても、そして《蔓薔薇の家》をよりどころとする、他に行き場のない者たちにとっても。

その前オーナーと、勇毅はユウキとして働くと決めたときに、ひとつのとり決めをしていた。

その意図に気づけない桧室と宇條ではないはずで、呼ばれたのは、今後どうするのかという確認のためだろう。

「素晴らしいオフィスですね」

ユウキの空虚な褒め言葉を、桧室は愉快げに笑い飛ばす。

「きみも、私と同じでこういった形あるステイタスといったものに、興味などないだろう？」

心無い言葉は言わなくていいと、口角を上げる。ユウキもニンマリと笑みを返して、「失礼しました」と大仰に詫《わ》びてみせた。

「琉璃も災難なことだ」

性質《たち》の悪い相手に捕まったものだと揶揄を返す。桧室は動じることなく、だが少々苦笑気味に、「災難は私のほうだ」と返してきた。

まっすぐに桧室だけを見て、純粋な思いをぶつける琉璃の若さとは対照的に、桧室には琉璃自身を含めて守らなければならないものがありすぎる。結局、何かあったときに社会の矢面に立たされるのは桧室なのだ。

「犯罪者ですからね。匿名で告発しておこうかな」

何があっても琉璃を守る覚悟を決めているのだろう、惚れ惚れするほど揺らぎのない目の前の男を見据えて、試しに挑発してみる。

「止めはしないが、きみの大切な彼が我々の手中にあることを考えたからにしたまえ」

さすがの頭の回転の速さでやり返されて、ユウキは降参の意で肩を竦めた。たしかに卯佐美の存在は自分のアキレス腱《けん》だ。

「さすがは我らがオーナー」

こうでなくては、根なし草である自分たちの寄る辺をあずけられるわけがない。

桧室がひとつ頷く。冗談はこのくらいにして、本題に入ろうという意味だと受け止めた。

「きみは、もう何年になる？」

「二十年近く……正確には十八年です」

《蔓薔薇の家》に引き取られてどれくらいかと訊かれる。そういった情報はすべてデータとして桧室の頭に入っているはずだが、あえて答えさせているのだろう。

「長いな」

「俺とナオ……支配人が、一番の古株ですね」

子ども時代を一緒に過ごした仲間はすでに皆、引き取られたり身請けされたり自立したり、各々の進む道を見つけて《蔓薔薇の家》を出て行った。

「引き取られたのも早かったですからね」

琉璃が《蔓薔薇の家》に引き取られてきたのは中学に上がったあとだが、勇毅と卯佐美が保護されたのは小学生のときだった。この差は大きい。

自分は事故で両親と兄弟を一度に失い、卯佐美はいわゆるネグレクトの犠牲者だった。弟だと思って面倒をみてほしいと前オーナーに言われたとき、小さな尚史はガリガリに痩せて、細い身体のいたるところに痛々しい痣《あざ》をつくっていた。

怯え震える仔兎のようだと、思ったのを覚えている。

痛々しくて、でも可愛かった。

自分は自分で、亡くしたばかりの弟の代わりにしていたのは、当時から自覚があった。その感情が変化しはじめたのは、中学に上がったあたりからだったろうか。

縋りつく小さな手を愛《いと》しいと思う気持ちの種類が、出会った当時に抱いたものと種類が違うことに気づいたときに、勇毅はキャストとして客をとることを決め、前オーナーのもとを訪ねてあることを頼み込んだ。そして今に至っている。

そういうのを自己満足というのだと、当時前オーナーには諫められた。それでも勇毅は引かなかった。前オーナーが根負けしたというのが本当のところだ。

そのときに、前オーナーからも条件を出された。万が一、卯佐美にばれて、卯佐美が勇毅の考えに異を唱えたときには、この約束は破棄される、と……。

「来てもらったのは、このまえ宇條が電話した件だ」

前オーナーと交わした約束が今後も履行されるのだとすれば、契約相手は現オーナーの桧室ということになる。だが桧室は、前オーナーのような古臭い仕事の仕方はしない人物だ。情に訴えて履行続行を望むのは不可能だろう。そのかわり、必要ありと判断すれば、即断即決のはず。

今一度確認しておくが……と、前置きして、桧室は宇條が差し出したファイルをめくりながら話を進めた。

「各界のマダムに人気のきみが、ナンバーワンながらいまだに《蔓薔薇の家》に縛られている理由は、きみが卯佐美くんの借金を肩代わりしているからだ」

事実の確認から入る。

「きみひとりなら、とうに《蔓薔薇の家》を出ていけたはずだ」

勇毅は「はい」と頷く。

「理由の想像はつくが、きみの口から聞かせてもらえるか」

経営者としては若手に入るとはいっても、勇毅よりは充分に場数を踏んでいる。さすがの胆力というべきか、桧室の言葉には圧力を感じる。

だがそれに怯《ひる》んでなどいられない。桧室に比べれば狭い世界しか知らない自覚はあるが、それでも引くわけにはいかない。

「ナオには、客を取ることも、外の世界に出ることも無理ですから」

だから今現在、卯佐美は支配人として《蔓薔薇の家》にいる。他の選択肢がなかったことは、卯佐美本人が一番よくわかっているはずだ。

大人に……いや、「ユウくん」以外の人間すべてに怯えていた幼い少年の日から、卯佐美はまだ抜け出せていない。幼い日に負った心の傷は、それほどに深いものなのだ。

人と接することができない卯佐美には、キャストとして客をとることも、社会に出て成功者となることもできなかった。いずれの才能があったとしても、その舞台に出ていくことが叶わなければどうしようもない。

「それできみが、全部かぶった、と？」

そういうことか？　と確認をとられて、勇毅は「ほかに手がないでしょう」と返した。でなければ、卯佐美は一生《蔓薔薇の家》を出られない。

いまだに支配人の仮面を被っていなければ、客に接することもできないのだ。素の卯佐美は、大柄な相手でなくても、琉璃のような穏やかなタイプはともかく、性格のきついアサギのような相手となると、本当はいまだに対峙《たいじ》するのが精いっぱいのはず。

前オーナー亡き今、自分以外に、もはや卯佐美を守れる人間はいない。そもそも、その役目を誰に譲る気もない。

「本当にそうかな」

桧室が意味深に眇めた眼差《まなざ》しを向ける。

「……どういう意味です？」

ただの挑発だと思う一方、痛いところを突かれた気持ちで、勇毅は目を眇めた。

返したのは、桧室ではなく、桧室の傍らに控える宇條だった。銀縁眼鏡の奥に、油断ならない鋭い瞳を隠した人物だ。ある意味桧室以上に、厄介な相手といえる。

「我々は、卯佐美くんに《蔓薔薇の家》の運営を任せようと考えています。もちろん今すぐにというわけではありません。いずれ、という意味です」

しばらくは宇條のもとで経営を勉強して、いずれは独り立ちさせるつもりだと、桧室が言葉を足す。

桧室がオーナーになってからというもの、卯佐美が宇條からあれこれ言いつけられているのは知っているから、いずれそのつもりでいるのだろうことは、勇毅にもわかっていた。

「宇條さんのフォローがなければ無理でしょうね」

大学で経営を学んでいたところで、机上の論理が通用するほど、世間は甘くない。そういう意味では、自分たちは籠《かご》の鳥だ。《蔓薔薇の家》という名の籠に囚われつづけた二十年あまり。だがそれは、籠に守られていたともいえる。自分たちは、世間を知らなさすぎる。

「最初はそうでしょう。でも彼なら大丈夫だと思うから、任せるのです」

宇條の口調は淡々としていて、感情が読みにくい。

「あなたがそうおっしゃるのなら、そうなんでしょうね」

言外に己の狭量さを指摘されている気がしたが、それを認めてしまったら、負けだと感じた。

「そのとき、彼は事実を知ることになる。それはどうする？」

卯佐美が経営にかかわるようになれば、収支などの数字を管理することになる。そうなれば、自分の負債がユウキに肩がわりされていることを知ることになる。

こちらから話すか、それとも自分で打ち明けるか、選べと言われているのだと察した。だがユウキの選択肢には、そのどちらも存在しない。

「誤魔化せませんか？」

桧室の眉間《みけん》の皺《しわ》が、わずかに深まった。銀縁眼鏡の奥で、宇條が目を眇める。そのふたりをゆっくりと交互に見据えて、ユウキは膝に肘を載せる恰好で身を乗り出した。

「帳簿の改竄《かいざん》なら、いくらでも可能でしょう？」

ふたりになら、それくらい容易《たやす》いはずだと持ちかける。

「我々にそうするメリットはないように思いますが？」

宇條の返答は冷淡そのものだった。

「そうすることでデメリットが生じるというのなら、それは俺が全部かぶります」

負債が上乗せされようとも構わないと返す。

「そういうのを——」

「——自己満足だと、ジイサンに言われた。ずっと昔にね」

指摘しようとした宇條を遮って、言われなくてもわかっていると返す。宇條は、眇めた瞳に呆れを過らせたものの、それ以上言葉を重ねることはなかった。

「今後、《蔓薔薇の家》の経営は、もっとクリアにするつもりだ。監査を誤魔化すようなことはできないな」

税務署や検察特捜部に乗り込まれるような後ろ暗い部分は現状でもないが、それでも娼館という場所柄、表に出せないことは山ほどある。それをビジネス上の弱みと考えるのだろう、桧室はオーナーに就任したときから改革案を口にしている。

だが、そう上手《うま》くいくはずはないと、ユウキは踏んでいた。

「それはあなたの希望であって、上手く進んでいないのではありませんか？」

桧室がわずかに眼光を強めた。

「本当は《蔓薔薇の家》を解体したかったのでしょう？　でも顧客の反対にあって、正直戸惑っている。違いますか？」

勇毅の指摘に、桧室が怯む様子を見せることはなかったが、かわりに愉快そうに口角を上げた。それから、ウンザリだというように、ひとつ嘆息する。

「政財界から反対の声が上がっている。まったく予想外だ」

理解しかねる……と、肩を竦め、両掌《てのひら》を天井に掲げてみせる。そんな仕草が絵になる日本人も少ない。

娼館などという時代錯誤なうえに面倒な場所など、消滅して安堵《あんど》しこそすれ、解体に異を唱える者などいないと思っていたのに、顧客から待ったがかかって、困惑している様子だった。

娼婦を買ったり愛人を囲ったりなどということに、まるで価値を見いだせないタイプだろう、桧室の言うこともわからなくはない。

だが、世界的に見ても、セレブと呼ばれる人種や上級階級に属する人間というのは、倫理観に薄く、快楽に弱く、怠惰な質にあるのは、わかりきった話だ。《蔓薔薇の家》には、まだまだ存在意義があ

る。反対の声が上がるのは当然の成り行きといえる。

「先代の人望でしょう」

桧室が常識人すぎるのだとは返さず、あえて茶化した。

「言ってくれる」

勇毅の意趣返しが気に入った様子で愉快げに笑って、桧室は「宇條」と先を促す。

「あなたの自己満足に協力する気はありません。ですが、卯佐美くんが傷つくのを黙ってみているほど我々も情がないわけではありません」

よもや宇條の口からそんな言葉が出てくるとは思いもよらなかった。

「話す気があるのなら、あなたの口で打ち明けなさい。時間は差し上げます」

そのほうがいいと勧める口調だ。それが理解できない勇毅ではないが、だからといって受け入れる気はない。

「話す気はないと言ったら？」

即答すると、宇條は「告白されるのが最良と私は考えますが」と前置いたうえで、取引条件を提示してきた。

「どうしても拒否するというなら、あなたの将来と引き換えです」

「俺の？」

将来とは？　と疑問を向ける。

「優秀な人材はいくらでも欲しい。金を余らせたババァどもの相手をさせておくのは惜しい」

桧室の口の悪さを、宇條が「社長」と窘《たしな》める。

卯佐美を《蔓薔薇の家》の経営に参加させようとするのと同様に、自分にも何かしらの事業を手伝えというのか？

「ご期待に添えるとは思えませんが」

勇毅も、大学では経営を学んだけれど、それこそ机上の論理でしかない。

実のところ前オーナーにも、事業を手伝うか、もしくは優秀な人材を欲している会員のもとへ行く気はないかと訊かれたことがあったが、勇毅はそれを断った。キャストとして働くほうが、早く負債を清算できるとわかっていたからだ。

「この先もずっと彼を守っていきたいのなら、経済的基盤は必要だろう？」

負債の清算を急ぐのはわかるが、では清算したあとはどうするのかと問われて、勇毅は苦笑した。

専属契約を受けていない勇毅には、特定のパトロンがいない。

「痛いところを突きますね」

負債の清算を優先させたことの弱点を突かれた。桧室は、「覚悟の問題だ」と返す。ただ守るだけではない、負債を肩代わりするだけでもない、将来への備えこそ心構えだと言うのだ。大切な存在を手放さないための覚悟だ、と……。

「あなたは覚悟を決めたと？　犯罪者になってまで？」

未成年の琉璃をパートナーにすると決めたときの桧室の葛藤《かっとう》は計り知れない。それでも桧室は、琉璃を自分の籍に入れた。親子になったのではない、伴侶になったのだと言いきる。

世間にバレれば外聞の悪いことこの上ない。そんな相手に人生をあずけていいものか……と普通なら考えるところだが、なんだろうか、この愉快さは。

「将来性があるのかないのか」

やれやれだ……と、降参の意を含めて、今度は勇毅が両掌を天井に掲げる。ソファに背を身体を沈ませて、長い脚を組んだ。

「損はさせん」

勇毅の横着な態度を責めもせず、桧室も長い脚を組み替える。そして、「返答は？」と迫った。

「言いきりますか……さすがはあのジイサンの孫だ」

なるほど、さすがは世界を相手に戦うビジネスマンだけのことはある、あっぱれな押しの強さだ。

前オーナーとの間に蟠《わだかま》りを残している桧室をあえて挑発するつもりで言ったのだが、その程度の言葉に動かされる桧室ではなかった。

ここはひとつ、琉璃の人を見る目を信じてみるのもいいかもしれない。

「その日がきたら、ナオは俺が連れて出ます」

自分の身はどうしてくれても構わない。だが卯佐美は、鳥籠から出たあとも自分が守る。

それだけ言って、腰を上げる。

「社会に出さないつもりか？」

《蔓薔薇の家》から解放されたあとまで？ と怪訝《けげん》そうにする桧室に、社長室のドアノブに手をかけたところで振り返り、こちらこそ何を言うのかと返す。

「出さないんじゃない。出られないんです」

勇毅の返答に、桧室は何やら少し考えたものの、それ以上何を言うわけでもなかった。ただ、「いいだろう」と頷いただけだ。

「卯佐美くんのことは、私も注意してみていますが、万が一、彼が自分で気づいてしまったときには、どうなっても責任は負えませんよ」

念を押したのは宇條だった。

「これまで大丈夫だったんです。その心配はないでしょう」

桧室にも宇條にも、いますぐ《蔓薔薇の家》の経営をどうこうするつもりはない様子。それどころか、思わぬ邪魔が入って手こずっているというのが本当のところだろう。その邪魔を、助長することも勇毅にはできる。ユウキを気に入っている顧客のマダムたちに訴えればいい。だったら、まだ時間稼ぎは可能なはずだ。

「失礼します」

時計を確認して、「仕事がありますから」と部屋を出る。桧室の言葉ではないが、金を余らせた有閑マダムの、パーティのお供が今日の仕事だ。

終業時間が近づいているというのに、桧室のオフィスはますます活気を帯びているように見えた。ここで働くひとたちは、自分たちとは別世界の人間だ。世間とは隔絶された《蔓薔薇の家》に囚われた自分たちこそ異邦人だ。狭い世界で、あがいている。そんな自分を、外の世界に連れ出そうというのか？

卯佐美は、傷ついた心を癒《いや》しきれないでいる。

二十年近くかけて、どうしてやることもできなかった。その不甲斐《ふがい》なさを、自分はこの先もずっと背負っていかなくてはならない。外の世界では、それが可能だろうか。

――『ボクがそばにいてあげるから』

ずっと傍にいた。一番近くで守ってきた。その自分が、誰より一番卯佐美を傷つける危険を抱えていると、わかっている。それでも、手放す気はない。

――『本当にそうかな』

多くを語らなかった桧室の指摘。そう自分が思いたいだけではないのかと、指摘の奥に込められた揶揄。

「……っ」

エレベーターの前、身体の横でぐっと拳《こぶし》を握って、明滅する階数表示を見上げる。

「わかってるさ」

外に出したくないのは、出たくないのは、自分。

狭い世界に卯佐美を閉じ込めておきたいのは自分。

自分だけを頼りに、縋りついてきた小さな手。その温《ぬく》もりを忘れられないのは自分。その愛しさを持て余しているのも自分。

二十年近く、卯佐美の世界には勇毅だけで、勇毅もまた卯佐美だけが大切だった。それでいい。これまでも、これからも。

勇毅は、自分が冷たい人間だと自覚している。

いい兄貴分を装いながら、その実、本心では卯佐美以外はどうでもいいと思っている。

世界は、狭いままでいい。そう願うことこそが、自己満足以外のなにものでもない。前オーナーは見抜いていたに違いない。勇毅こそが、卯佐美の鳥籠なのだと。

勇毅が消えたドアをしばし見やって、桧室はひとつ大きなため息をつく。そして背後の側近に言葉を向けた。

「何を企《たくら》んでいる？」

言われた宇條は眉間に皺をよせ、「何の話でしょう？」と惚《とぼ》ける。

「ひとを悪代官のように言うのはやめてください」

心外な……と、言う割に不愉快そうでもない。

「卯佐美くんは、気づくんだろうな」

桧室の呟《つぶや》きに、宇條がしれっと言葉を返す。

「優秀な子ですから」

誰かさんの策略にのせられるだけではないのかと言いたかったが、桧室は言葉を呑み込んだ。

いずれにせよ、共依存とでもいうべき危うい関係性は、いつ破綻《はたん》してもおかしくはない。早々に外科手術が必要だ。……単なる野暮かもしれないが。

琉璃の件では世話をかけたから、その借りを返す意味もある。

勇毅という有能な人材が欲しい気持ちは嘘ではない。卯佐美を経営に参画させるつもりでいるのも本当だ。

だが……。

「ジイサンは、こういう気持ちだったのか……」

無意識に零《こぼ》れた呟きに、驚いたのは桧室自身だった。宇條が、眼鏡のブリッジを押し上げる。言葉を呑み込むときの癖だ。

身よりを失《な》くし、行き場を失くし、多くは莫大《ばくだい》な親の負債を背負わされた子どもたちを《蔓薔薇の家》に引き取って、将来への投資だと言って教育を施し、礼儀作法を仕込み、育てていた祖父。

生前、一度として言葉を交わすことはおろか、会うことも叶わなかった人物の考えを、桧室はなんとなく理解する。だからといって、蟠りが解けるわけではない。それにはまだ、時間がかかる。

「琉璃さんをお迎えに行かれますか？」

時計を見ると、定時を過ぎている。桧室の会社は、海外とのやりとりが多いがゆえに残業が増えがちだが、完全フレックス制を導入して、無駄を省いている。とはいえ、定時出社定時退社を余儀なくされる管理部門もある。その手前、社長がいつまでもオフィスにいては、社員は先に帰りにくい。ゆえに桧室は、必要のあるとき以外は、定時で退社することにしている。もちろん、自宅に持ち帰る仕事は多い。

「先に出る」

宇條にあとを託して、オフィスを出る。

廊下を大股に進む桧室に、社員たちが「お疲れさまです」と声をかけてくる。それにひとつひとつ返しながら、ようやくエレベーターにたどり着く。社長業は二十四時間営業だ。だからこそ、愛しい者の笑顔と体温に癒されたいと望むのだ。

3

仕事を終えて《蔓薔薇の家》に戻ったユウキが報告のために支配人室に向かう途中、接客につかう応接室の前あたりで呼び止めたのはアサギだった。

恰好から、どうやら来客中だとわかる。だが、客が来ているときに、アサギが部屋から出てくるのは珍しい。

ユウキの疑問を察したのか、アサギは拗ねたような顔で「あいつが、なんか食いたいって言うから……」と、口中で言葉をまごつかせる。

客のために、わざわざキッチンに立っていると？　上手くのせられただけかもしれないが、それはいったいどうした酔狂だ？

「お、俺のことはどうでもいいんだよっ。支配人が……っ」

「……なにかあったのか？」

卯佐美にかかわることだと言われて、アサギを揶揄《からか》っている場合ではなくなった。

「まえにもあったんだろ？　支配人にちょっかいを出す、ルール違反の客」

「またか……」

ユウキの剣呑《けんのん》な声に、アサギは一瞬まずいことを言ったか？　という顔をしたものの、「たまたま見ちゃって……」と頷いた。

卯佐美からは何も聞かされていない。そもそも卯佐美は、自分に対してそうした興味が向くことなどあるわけがないと思っている節があって、とかく鈍い。

「支配人、鈍いからな。冗談か嫌がらせだとしか思ってない」

だからまともにとりあってしまって、客を増長させるのだと、アサギが忌々しく吐き捨てる。アサギにも気づかれているのだから相当だ。

性質の悪い客だといっても、まさかオーナーを呼ぶわけにもいくまい。上手く客の気を逸《そ》らすしかないだろう。

「俺がなんとかする。おまえは部屋に戻れ」

「客が待っているのだろう？」と言うと、「そんなの待たせておけばいいよ」と天邪鬼な返答。しょうがないな……と胸中で嘆息して、「おまえの仕事はなんだ？」と突き放した。

「万が一客がごねたら、ことはおまえひとりにおさまらなくなる。部屋へ戻れ」

アサギの客が、そんな人物ではないとわかったうえで、万に一つの可能性を挙げて指摘する。アサギは「わかったよ」と渋々顔で頷いた。キッチンに用意してあったトレーを手に、部屋に戻っていく。トレーの上には、アサギ手製のスイーツが載っていた。客の予約時間に合わせて、用意していたに違いない。

それを素直に出せないアサギのために、客の男はなんだかんだと上手く話を進めて、アサギが用意したものを出せるように仕向けているのだ。

こちらはこちらで手がかかる。客にしてみれば、アサギのそういうところこそが愛しいのだろうけれど。

アサギが部屋に向かったのを確認して、支配人が客の男に捕まっているらしい応接室のドアをノックする。

「失礼します」

予約時間を間違えたふりで、内からの応《いら》えを待たず、ユウキは堂々とドアを開けた。

「ユウキです。本日はご指名をいただきありがとうございます」

優雅に腰を折ってみせる。顔を上げるときに、瞬時に客の顔と名前を頭のなかのデータベースと照合した。

さる有名企業の会長の孫だ。孫とはいっても不惑をとうに超えた年齢だ。そのくせ、役員に名を連ねているだけのごくつぶし。言い換えれば、さしたる益も害もない人物。ただし、金払いのいい客ではある。

一瞬のうちにそこまで確認したうえで、ユウキは惚けた顔をつくる。

「……？」

あれ？　と首を傾《かし》げ、客の男を見やる。

「ユウキ……？」

卯佐美が、いったいどうして？　と言いたげな視線を寄越した。ソファの向かいで、客の男が今まさにローテーブル越しに卯佐美に手を伸ばそうとしている。

卯佐美がスッと身を引くと、客の男はまるで悪戯がみつかった子どものように居心地悪げな様子でその手をひっこめた。誤魔化すように、ソファに座りなおしたりする。ルール違反だと、わかっている様子だ。それなら話は早い。

「支配人、俺は女性からの依頼しか受けてないんだけど？」

わかってるでしょう？　と、我ながらなかなかの猿芝居。卯佐美は数度長い睫毛を瞬いて、ユウキの意図を察していることを伝えてきた。

「失礼ですよ、ユウキ。時間を確認なさい」

ユウキの客ではないと、支配人としての注意を寄越す。そして、客に「大変失礼をいたしました」と頭を下げた。

卯佐美の視線が自分からはずれたタイミングを見計らって、ユウキは客の男を見据える。果たして自分がどんな恐ろしい形相をしているのか、わからないが、客の男は途端に蒼白《そうはく》になって背筋を正した。

「すぐに受け付けを——」

手続きをはじめようとする卯佐美を、客の男が慌てて止める。

「い、いや、今日は帰ることにするよ」

ぎくしゃくと腰を上げて、引き攣《つ》った笑顔を卯佐美に向けた。未練はあるようだが、ここで問題を起こす気概もない様子。

「……え？」

卯佐美が「いらしたばかりですのに？」と、腰を上げる。

「なにか失礼がございましたでしょうか？　ユウキ、ちゃんとお詫びしてください」

お客様が気を悪くされてしまったではありませんか、とユウキに合わせたアドリブも充分だ。客の男はますます青くなって、卯佐美を止めた。

「か、彼は悪くないよ。気にしないでくれたまえ」

ユウキにも、引き攣った愛想笑いを向ける。

「し、仕事のメールが入ってきたんだ。また今度よらせてもらう」

それじゃあ！　と部屋を出ていこうとする男の二の腕を、卯佐美に見えない角度で摑《つか》んで引き止め、その耳元にユウキは低い脅しを落とした。

「ルール違反は即退会だ。それがどういうことか、考えたほうがいい」

《蔓薔薇の家》の顧客には、財界の有力者が名を連ねている。そんな場所から追い出されるということは、そうした人物たちの不興を買うことにほかならない。それはつまり、政財界での生き場所を失う、ということだ。

「……っ、ちゅ、忠告感謝するっ」

ダラダラと脂汗を滴らせはじめた男の肩をポンポンと叩《たた》く。

「お遊びは、ルールとマナーを守ってするものだ」

ユウキの最後通牒《つうちょう》に首が折れんばかりにガクガクと頷いて、男は逃げるように部屋を出て行った。

その背を卯佐美が追おうとするのを、勇毅が引き止める。

「ユウキ」

「行く必要はない」

「でも……っ」

「見送りがなかったところで、文句を言える立場じゃない」

ドアを塞《ふさ》ぐ恰好で止めるユウキを仰ぎ見て、卯佐美はひとつ瞬いた。視線を落として嘆息し、「わかった」と頷く。

「キャスト以外を口説くのはご法度だ。もっと強い態度で拒絶していいんだぞ」

でないと他に示しがつかない。

以前にも卯佐美にちょっかいをかけて、オーナーの鶴《つる》の一声で退会になった会員がいた。卯佐美は知らないが、それとなく宇條に耳打ちしたのはユウキだ。

「わかってる」

納得したとは言いかねる口調で、卯佐美が返す。

「でも、あれくらい対処できなければ――」

「ナオ」

「……っ」

諫めるように呼ぶと、ぐっと言葉を呑み込んだ。

卯佐美は、わかっていないのだ。だから支配人としての立場でやんわりと客に対応しようとする。だが客は、卯佐美にキャストに向けるのと同じ好色な目を向けている。そんな対応では、増長させるだけだ。

「支配人、だ」

ここではそう呼ぶようにと、これまでに何度も言われている。卯佐美は、前オーナーから与えられた役目を、自分にはこれしかないのだというように、懸命にこなそうとしている。だがときに、それが空回りすることもある。

「どうせどの客もすぐにお気に入りのキャストに興味を移す。私に構うのなんて、わずかな間、ただの暇つぶしだ。心配することなんて……」

「支配人だから、だ」

「……」

卯佐美は痛いところを突かれた顔で、唇を噛む。支配人としての威厳が足りないからだと言われたと思ったのだろう。だがそういう意味ではない。

「おまえを軽んじるということは《蔓薔薇の家》を軽んじているということだ。しいては有栖川家を軽んじていることになる。オーナーの面子が立たなくなる」

桧室は面子など気にする男ではないとわかっているが、これは経営サイドの問題だ。桧室もハッタリの重要さは理解している。でなければ、都心の一等地に立つインテリジェントビルの高層階にオフィスを構えはしない。

「……心配しないわけがないだろう」

ひととおり理屈を説いたあとで、ユウキはひとつ長嘆した。

卯佐美は本当にわかっていない。自分がどれほど美しいかを。だがそれを、どれほど言い聞かせても無駄であることも、ユウキにはわかっている。

「勇毅……？」

キャストとしてではなく、幼馴染みとしての言葉だと伝わったのだろう、卯佐美は長い睫毛をひとつ瞬いて、そして視線を落とした。

「ホントに、杞憂《きゆう》だよ」

自分は、ユウキやアサギとは違う……と呟く。

卑屈なわけではない。卯佐美は本当にそう思っている。少年の日の自分が、もっとことの重大さに気づけていたら、早いタイミングでそうではないと教えてやれたのかもしれない。一方で、卯佐美が自分の魅力に気づけなければいいと、歪《ゆが》んだ感情を持て余す自分もいる。

「ナオはナオだ」

驚かさないように、そっと手を伸ばす。

卯佐美は、勇毅に対して拒絶反応を見せることはないが、急な動作に対しては、今でも驚いた顔をすることがある。

指先に触れるやわらかな髪の感触。そっと梳いてやると、伏せられた長い睫毛がふるり……と揺れる。幼いころは、頭を撫でる勇毅を下からじっと見上げていた。いつからだろう、視線を合わさなくなったのは。

「ダメだな、私は……」

「がんばりすぎなくていい」

卯佐美の反応をうかがいながら、そっと引き寄せる。だが、抱きしめることが叶わないままに、卯佐美の痩身がわずかに震えた。この距離が、限界だ。

「明日、少し早く出かけよう」

明日はふたりで出かける約束になっている。《蔓薔薇の家》のＯＢ主催のパーティに招待されているのだ。

ずいぶんまえに参加の旨の返事を出しているのを、忘れていないだろう？　と確認する。卯佐美はようやく顔を上げて、勇毅の顔をその薄茶の瞳に映した。そして、コクリと頷く。

「久しぶりだな、一緒に出かけるの」

またひとつ、コクリ。

ふたりきりになれば、気持ちはすぐに出会ったころに戻ってしまう。互いが世界のすべてだった幼い日。あの日のままでいられないことは、わかっている。

《蔓薔薇の家》ＯＢからのパーティの招待状は、卯佐美と勇毅の、個人名宛《あて》で届いたものだった。パーティとはいっても、レストランのオープン前のレセプションパーティで、取引先や近しい友人、知人などを呼んでの、プレオープン営業だ。

卯佐美は、《蔓薔薇の家》の支配人として顔を出すべきだろうと考えていたのだが、同じ招待状を受け取った勇毅が、個人名宛できているのだから個人として顔を出せばいいのだと言って、個人名で参加の旨を伝えてしまった。

《蔓薔薇の家》には、とくに決まった休みはない。キャストにその気がなければどのみち開店休業だし、卯佐美が対応しなければそれまでだ。とはいえ、卯佐美が持つ《蔓薔薇の家》支配人の携帯端末は二十四時間受け付けが基本で、他はともかくアサギの客から連絡が入った場合は、どこにいても応対せざるをえない。

そんなことを考えながら、自室のクローゼットのまえで途方に暮れていたら、部屋のドアがノックされた。応じるまえにドアが開けられる。支配人である卯佐美に対して、そんな命知らずなことをするのは勇毅だけだ。

「なんだ、まだ着替えてなかったのか」

部屋着のまま、髪も整えていない卯佐美の傍らに立って、それだけで状況を理解し、勇毅は卯佐美のクローゼットに手を伸ばす。ハンガーに掛けられた洋服を物色し、引き出しからシャツや小物類を選んで、卯佐美にあてがった。コーディネイト完了だ。

卯佐美のクローゼットのなかみは、ほとんど勇毅が選んだものだ。だから、卯佐美以上に勇毅のほうが詳しい。

子どものころからずっとこうで、いまどき赤子ですらもう少し自己主張があるだろうに……と自分でも思うのだけれど、わからないものはどうしようもない。自分に似合う色とかデザインとか、そういったものが卯佐美には理解できないのだ。

勇毅が選んだ洋服に着替えて、鏡の前へ。これまた勇毅が、いつもよりもラフに髪を整えてくれる。卯佐美が自分でブラシを握っていたら、いつもと同じヘアスタイルにしていただろう。こういう違いも、卯佐美にはよくわからないのだ。

ＴＰＯとか、コーディネイトとか、《蔓薔薇の家》で育った以上、最低限の教育は受けているのだけれど、どれほど知識を蓄積したところで、根本を理解していなければ応用はきかない。他のキャストに対しては審美眼が働くのだが、こと自分自身となると、卯佐美はまるでダメだった。

「よく似合う」

鏡のなか、背後に立つ勇毅が満足そうに言う。卯佐美はただ、頷くだけだ。

勇毅にエスコートされて車寄せに出ると、そこには勇毅のプライベートカーがすでにまわされていた。ツーシーターのスポーツクーペだが、日本の道路事情にも適していると評価の高い車種で、普段乗りが容易でありながら、走行性も優れている。

顧客のマダムからのプレゼントで、何台もの車を有している勇毅だが、これは自分で買った車だ。

顧客同士の見栄《みえ》張り合戦の結果、プレゼントされる車は、無駄に派手なばかりで乗りにくい高級車が多く、仕事のときにしか使わない。

ステアリングは、当然勇毅が握る。卯佐美も免許は持っているけれど、仕事で必要なときしか運転しない。

当然のように、勇毅が助手席のドアを開けてくれる。仕事のときの癖が抜けないのだろうと、卯佐美は考えている。

行き先も勇毅まかせだ。

どこへ向かうのかと車窓の景色を眺めていると、車は都心を走り抜けて、郊外へ。山の風景が近くなる。しばらく走って、以前にも見た記憶のある景色だと気づいた。

「ランチ？」

最低限の単語だけの会話でも、勇毅には通じる。

「まえに行ったとき、気に入ってただろ」

卯佐美は感情を表に出すのが苦手で、あまり多くの感想を語ることはないのだが、乏しい表情のなかからも、勇毅は心情を察してくれる。

「マスターのコーヒー、おいしかった」

以前にランチに行ったときのことを思い出して呟く。勇毅は「コーヒーか？」と笑った。ランチに行くのに、最初に掘り起こされた記憶が食後のコーヒーとは、と呆れたらしい。

「ああ……うん」

もちろんランチは美味しかったし、デザートも美味しかった。

「たしかに、美味いコーヒーだった」

楽しみだな……と微笑む。卯佐美はコクリと頷いた。

ワイン用の葡萄《ぶどう》畑に囲まれた一軒家レストランは、スペインで料理修行をしたというシェフが開いた店で、パティシエとして腕をふるう夫人と、ソムリエでありバリスタでもある実弟の三人で切り盛りしている家庭的な雰囲気の店だ。

個室や貸し切りにできるテラス席などもあって、あまりにぎやかな場所で食事をするのが得意ではない卯佐美でも居心地がいい。

店に着くと、ホール係も担当する夫人が笑顔で出迎えてくれた。

「まぁ、お久しぶりです」

ようこそ！　と、通してくれたのは、テラス席だった。テーブルはひとつだけで、一面に広がる葡萄畑と、その向こうに連なる山並みが一望できる、この店の特等席だ。

他の客の視線を気にする必要がないから、卯佐美も食事に集中できる。勇毅がそのように希望を伝えて予約を入れたに違いない。

メニューを断って、勇毅は「シェフのお任せで」とオーダーする。「食後に美味しいコーヒーを」と付け足すのを忘れない。

車でなければワインの一本も開けたいところだが、今夜のパーティで呑むことも考慮して、スパークリングウォーターと、ワイン用の葡萄を使ったフレッシュジュースをオーダーした。

届けられた前菜と薫り高いフレッシュジュースに舌鼓を打ちながら、長閑《のどか》な景色を満喫する。店主夫妻が自家菜園で育てた季節の野菜とハーブを使った料理は、この景色のなかでいただくからこそ価値がある。

生ハムやスペイン風オムレツ、オイルサーディン、チーズ等、色とりどりのタパスが少しずつ美しく盛られたプレートにつづいて、珍しい清流魚を使ったアヒージョには焼きたてのパンが添えられている。籠盛りで出される焼きたてパンは、パティシエである夫人が酵母から起こした手作りだ。アヒージョのソースをしみこませて食べると絶品だ。

メインは放牧豚のグリル。取れたて野菜が添えられ、グリーンのソースがかかっている。青い風味が立つオリーブオイルをベースに数種類のハーブが使われているようで、シェフのオリジナルだと説明された。

デザートプレートにはスペインの代表的なスイーツが少しずつ美しく盛られている。

定番のクレマカタラナと焼きたてのスフレ、ミルク粥《がゆ》、花型の揚げ菓子の上に飾られたアイスクリームが溶け出して、いかにも旨《うま》そうだ。

そこへ、ソムリエでもあるバリスタが、薫り高いコーヒーを運んできた。

「デザートに合わせたオリジナルブレンドになります。よろしければブラックでお楽しみください」

おかわりは、甘い物に合わせるのではなくコーヒー単体で飲んで美味しいブレンドを別途用意できると説明して、まだ若いバリスタは下がった。

「アサギが羨ましがりそうだ」

見かけによらず甘党のアサギなら、二、三人前をペロリと平らげてしまいそうだと考えたら、つい口許がゆるんだ。もちろんコーヒーはブラックではなく、砂糖とミルクをたっぷりと入れるに違いない。

すると、斜向《はす》かいから伸ばされた手が、卯佐美の頬を軽く摘まむようになぞる。ほかの誰かなら、卯佐美はとうに逃げている。

「今は仕事中じゃないぞ」

子どもを諌めるような口調で言われて、卯佐美はフォークに伸ばそうとしていた手を止めた。咎《とが》められたと思ったのだが、そうではなかった。

「今、おまえと一緒にいるのは俺だ」

さらりと、そんなことを言う。プライベートで来ているのだから、キャストたちのことなど心配しなくていいと言うのだ。

こういうところが、ユウキがナンバーワンを維持しつづけている理由なのだろうと感じた。

ユウキを指名するマダムたちは、若い恋人のつもりなのか、息子の代わりなのか、ファッションアイテムのひとつ程度の気持ちなのか、それは人それぞれだろうが、ユウキの接客に、ある人はひととき現実を忘れ、あるひとは優越感に溺《おぼ》れ、またある人は在りし日に思いを馳《は》せるのだろう。

「コーヒーが冷めるぞ」

卯佐美の髪を一房梳いて手を引く。

幼いころから一緒に育った自分すら、ドキリとさせられる。仕種《しぐさ》、声、眼差し。

客の女性なら、きっとひとたまりもない。

いや、自分はもっと業深い。出会った少年の日に囚われて、逃れる術《すべ》も知らないのだから。

自分を映しつづける瞳から逃げるように、コーヒーカップに視線を落とす。スペイン王室御用達ブランドの磁器は、手にしっかりと馴染むデザインで、コーヒーの味と香りを引き立ててくれる。

「美味しい」

バリスタの言うとおり、たしかに甘い物に合う味だ。美しく盛りつけられたスイーツを黙々と胃に収めながら、コーヒーの味とのバランスに舌鼓を打つ。

　オーナーのために美味しいコーヒーを淹《い》れようと勉強している琉璃にも、この店を紹介してあげたら喜ぶかもしれない……などとまた考えてしまって、卯佐美は小さく笑った。また勇毅に叱《しか》られる、と思ったのだ。

「ナオ？」

　どうした？　と、勇毅がなぜか物珍しそうにこちらをうかがう。卯佐美がごく自然な笑みを浮かべるのはあまりないことで勇毅の目にも新鮮に映ったことなど、卯佐美にはわからない。

「……？」

　コーヒーカップを手にしたまま顔を上げると、勇毅の視線とぶつかった。

「なんだ？」

　何も言わない勇毅に、首を傾げる。

「いや、なんでもない」

　勇毅は手にしていたコーヒーを飲み干して、テーブルベルを鳴らす。さきほどのバリスタがやってきて、勇毅が口を開くまえに「おかわりをお持ちしますか？」と尋ねてきた。

　勇毅が頷くと、一礼して退《さ》がる。

　新たに届けられたコーヒーは、一杯目とはまったく違う香りと味わいだった。こちらはコーヒーそのものの味をじっくりと味わいたい豊潤さがある。

「こっちのほうが好みみたいだな」

勇毅が、卯佐美の表情をうかがって言う。そのとおりだった。

「あたりだろ？」

勇毅は、ひとの表情をうかがう術に長《た》けている。自分だから、ではない。誰に対しても、勇毅は目端が利く。アサギのことも琉璃のことも、ちゃんと見ている。だからこそそのナンバーワンだ。

卯佐美が言葉を返さずとも、勇毅はわずかな表情の変化から卯佐美の返答を汲《く》み取る。それでも、感情の奥底まで見えるはずもない。

ひと口目は美味しかったのに、急に苦いばかりになったコーヒーを、無理やり飲み干す。テラスから眺める景色は変わらず美しいのに、吹き抜ける風は少し冷たい気がした。


少し早めに都心に戻って、どうするのかと思ったら、勇毅の足は行きつけのセレクトショップに向いた。パーティに着ていくものを選ぼうというのだ。

ここでも結局、卯佐美はどうしていいかわからず、結局すべて勇毅まかせだった。ＴＰＯに合わせた服装の知識はあっても、自分に何が似合うのかなんてわからない。

勇毅が指定したブランド、色、デザインに合致するものを店員が探し出してきて、そのなかから勇毅がコーディネイトした。

着慣れない明るい色味のスーツに光沢のあるネクタイ、フィッティングルームから出てくると、満足げに頷いた勇毅が、今度は手櫛《てぐし》で卯佐美の髪を整える。軽く流れを変えるだけで、昼間のプライベートト仕様からパーティ仕様へと、途端に雰囲気が変わった。

勇毅はというと、いつも以上に華やかなパーティスーツに身を包んでいる。キャストとして仕事に出向くときは、依頼内容に合わせた恰好をしているが、今日はプライベートなパーティだから、卯佐美と並んだときのことだけを考えて選んだらしい。違うブランドだが、色味やデザインを合わせることで、ふたりが並ぶと対のような印象を受ける。

会計を済ませて店を出ようとして、勇毅が足を止めた。小物類がディスプレイされたガラスケースに飾られたものに目を止めて、店員を呼ぶ。ベルベッドのトレーに並べて出されたのは、宝石をちりばめたタイピンとカフスのセットと、同じデザイナーがシリーズでデザインしたと思《おぼ》しきブローチだった。

ブローチを卯佐美の襟元に飾り、それからカフスを付け替える。タイピンだけ、自分の胸元に飾った。

それを見た店員が、「あら？」という表情をする。その意味を理解できないままに、卯佐美は勇毅にエスコートされて店を出た。

店の前に横づけした車に乗り込むときに、歩道を往く人々が思わず…と言った様子で足を止めたり振り返ったりするのに気づく。皆、勇毅を見ているのだ。

その勇毅が卯佐美のために助手席のドアを開けて、エスコートされた卯佐美が高級外車に乗り込む様子にたまたま通りがかった人々が目を奪われたのは、ふたりの醸す日常離れした華やかさゆえだったが、卯佐美は勇毅が注目を浴びているものとしか受け取らなかった。

昔、十代のころまでは、勇毅と一緒に出かけることがよくあった。それが少なくなったのは、キャストとして仕事をはじめた勇毅を、遠く感じはじめたためだ。自分ひとりの勇毅ではなくなった。その事実を、こうして己の目で確認させられるのが苦痛なのだ。

そんな思いは、パーティ会場に足を踏み入れて、より強くなった。

パーティの主催者は、卯佐美たちより数世代上の《蔓薔薇の家》ＯＢで、卯佐美たちが十代のころに、キャストとしてナンバーワンの座にあった人物だ。

だが、当時まだ幼かったふたりにとってみれば、面倒見のいいお兄さん的存在だった。人見知りが激しく勇毅としかまともに接することのできなかった幼い日の卯佐美が、かろうじて口を利けた数少ない人物でもある。

キャストとしてデビュー当初は地味な存在だったものの、専属契約を希望する客と出会ったことでナンバーワンとなり、早々に身請けされて《蔓薔薇の家》を卒業していった。ようは、見初められた、ということだ。

その後、身請け人となった客のもとで事業を学び、今回ようやく晴れて自身の会社を興すことを許されたのだという。

フードビジネスを展開させる会社が手掛ける第一号店が、パーティ会場となっている高級エスニック料理店で、アジア主要都市の有名ホテルを中心に店舗展開する店を、日本初出店として誘致したという話だった。

《蔓薔薇の家》の顧客は、政財界に顔の利く人物ばかりだ。そういった人物が展開させる事業や経営する店の顧客には、いわゆるセレブと呼ばれる人物たちが名を連ねることになる。つまりは、パーティの招待客も、その基準に則《のっと》って招待されている、ということだ。

会場に一歩足を踏み入れた途端に、卯佐美は場違い感を覚えた。

《蔓薔薇の家》の支配人としてなら、どんな相手とでも臆せず向き合うことが可能だが、今は素の自分になってしまっている。朝、出かけるまえに、勇毅によって支配人の仮面を外された結果、卯佐美は己の周囲に目に見えない防壁を張り巡らせることができなくなっていた。

どこの誰ともわからない大勢に囲まれた途端、悪寒を覚えて立ち竦む。己のテリトリーを確保できない恐怖が卯佐美を襲う。一気に、幼い日へと意識が巻き戻される。

背筋を伝い落ちる冷や汗。

頬が強張る。

ふいに二の腕を摑まれて、はたと我に返った。肩をぐいっと抱き寄せられる。

勇毅だった。

卯佐美を守るように痩身を抱き寄せ、人混みを避けるように会場内を進む。

「勇毅？」

「傍を離れるな」

卯佐美が歩きにくそうにすると、肩を抱く手を腰に落として、まるで女性をエスコートするかのように引き寄せる。

羞恥《しゅうち》はあったが、それ以上に安堵が勝った。布越しに勇毅の体温を感じたことで、強張りが解ける。

幼いころ、怖い夢に怯えて飛び起きると、勇毅はいつも卯佐美を抱きしめて眠ってくれた。中学にあがるころまでは、ひとつベッドで眠ることが多かった。

勇毅は卯佐美にとって精神安定剤のようなものだ。大人になる過程で、いつまでも頼っていられないと考えて、少しずつ距離をとるようになったものの、ときおりどうしようもなく欲するときがある。

強張《こわば》った肩から力が抜けて、落ち着きを取り戻す。

勇毅は人の波を縫うようにして奥に進み、その途中でグラスの載ったトレーを手にしたホール係に「水を」とオーダーして、壁際の空いた席に卯佐美を座らせた。卯佐美を人の目から避けるように自分の身体でガードして隣に座る。

ふたりを見つけて歩み寄ってきたのは、このパーティの主催者——《蔓薔薇の家》のOBだった。

「ユウキ……大丈夫か？」

にこやかに声をかける途中で、背後の卯佐美の様子がおかしいことに気づいて口調を変える。勇毅が頷くと、笑みを浮かべた。ふたりが腰を上げようとすると、それを制して、自分が向かいの椅子《いす》に腰を下ろして視線を合わせる。

「わざわざ来てくれてありがとう。今日はあわただしいけど、今度ゆっくり招待するから、ふたりで食べに来てくれ」

個室を用意しておくから、と言ってくれる。

「おめでとうございます。盛況ですね」

「夢をかなえられたのですね」

勇毅と卯佐美が祝いを述べると、「まだまだこれからだよ」と微笑む。

「彼が築いたものを、僕の代で失うわけにはいかない」

身請け人となった元客と、《蔓薔薇の家》時代から良好な関係にあったことがうかがえる言葉だった。そして今現在も、特別な関係にある。生涯をともにする覚悟が見える。

「素敵です」

卯佐美は素直な感想を口にしていた。

「尚史は相変わらずだね。素直ないい子だ」

ふたりより年上の彼は、小さな子どもを相手にするかのように、クスクスと楽しそうに笑って言う。

「……？」

卯佐美が怪訝そうに首を傾げると、ウインクひとつを残し、「料理の味には自信があるから、少しでも食べていってくれ」と言って腰を上げた。

立食パーティだから、その気にならなければ料理は口に入らない。とはいえ、これだけの招待客の間を縫って料理台の前まで行く気はすでに削《そ》がれている。

「また今度、ゆっくり食べにきたほうがよさそうだな」

今日はあいさつだけ。義理も果たしたし、早々に帰ったほうがよさそうだと勇毅が会場を見渡して言う。

卯佐美も同意見だった。顔を見たかった相手とは話せたし、もう目的は果たした。

このあと、さらに人が増えるだろう。そのまえに会場を出ようと、勇毅が腰を上げる。伸ばされた手を、卯佐美がとろうとしたときだった。

「あら、ユウキじゃないの！」

人混みの向こうから、声がかかった。

高い声は、妙齢の女性のものだった。相手の顔を見て、勇毅が表情を変える。勇毅から、ユウキへと。

「これはマダム、お久しぶりです」

優雅に腰を折ってあいさつをする。背後に卯佐美を隠して。

女性は《蔓薔薇の家》の顧客だ。いつもユウキを指名する。パーティや買い物に連れ出しては、若い恋人との時間を楽しんでいる。もちろん偽りではあるが、婦人にとっては現実なのだろう。

「あなたに会えるなんて！　こっちで一緒に呑まない？」

「残念ながら車なんですよ」

「そんなの！　私が送ってあげるわ！」

婦人とユウキがそんなやりとりをしている間に、着飾った女性陣に囲まれてしまう。長身のユウキは、囲まれても目立つ。いや、囲まれたことで目立ちはじめてしまった。

パーティ参加者たちが、なにごとかと視線を向ける。そしてまたユウキに目をとめ、「誰？」「モデル？」などとヒソヒソと噂話《うわさ》をはじめる。

客の女性を邪険にすることも叶わず、ユウキは完璧《かんぺき》なまでの愛想笑いを浮かべている。愛想笑いだと気づかせない営業スマイルだ。

いったんユウキの仮面を被った勇毅の華やかさに敵《かな》う者などどこの場にいないだろう。ユウキの周囲だけ、輝いて見える。

「あんな俳優いたか?」

「テレビじゃ見たことないから、モデルさんじゃないの?」

「綺麗すぎて近寄りがたいわ」

本当にそうだな……と、近くで交わされるやりとりに頷きたくなる。

ひとつ息を吸い込んで、卯佐美もまた、《蔓薔薇の家》の支配人としての仮面を被った。ユウキを取り囲む状況が、この場でそれを可能にさせた。

ユウキの傍らに進み出て、婦人に腰を折る。余計なことは言わない。婦人がユウキを買っていることは、決して公の場で口にしていいことではない。

婦人は「あら?」という顔をしたものの、卯佐美の意図を汲み取ったのだろう、「お久しぶりね」と言っただけで、やはり余計なことは口にしなかった。

ユウキが、一瞬勇毅の顔になって、卯佐美に心配げな視線を落とす。それを見返すことはあえてせず、卯佐美は「先に車に戻ります」と、今一度腰を折った。

ごゆっくり……と婦人に断って、人の輪を離れ、パーティ会場を足早に抜ける。人混みを避けるようにして、ようやく外に出た。

少し離れた場所に立つ街路樹の下のベンチに倒れ込むように腰を下ろして、息苦しさに胸を押さえる。それでも襟元をゆるめることはしない。支配人の顔をできなくなる。

車に戻らなくては……人のいないところなら、少しは楽だ。

「大丈夫ですか？」

通りがかりの誰かが、声をかけてくる。

「平気です」

放っておいてほしい。誰にも構われたくない。

「顔色が酷《ひど》い。どこかで休みましょう」

手を差し伸べてきたのは、少し年上に見える紳士だった。上品なスーツ姿は、それなりの肩書きを持つ人物であることを物語っている。

だが、卯佐美にとっては、誰だろうと同じだ。伸ばされた手を、ありがたいと思う気持ちはたしかにあるものの、それ以上に恐怖が襲う。気持ち悪い。

よもや、自分が声をかけたことで、卯佐美の顔色が悪化しているとは思いもしないのだろう、通りがかりの紳士は、ますます心配そうに卯佐美の顔を覗《のぞ》き込んでくる。

肩に手が伸ばされて、反射的にそれをはたき落してしまいそうになったとき、それを避けるように卯佐美の痩身が逆へ傾いだ。誰かに肩を引き寄せられたのだ。誰かなんて、言わずもがな。卯佐美が反射的に振り払わない手の主など、ひとりしかいない。

「お手数おかけしました。自分が診ますので、大丈夫です」

追いかけてきた勇毅が、紳士に言葉を向ける。硬く聞こえるそれに、紳士は何か言いたげにしたものの、「連れがいたのか」と呟いて、背を向けた。

「……？」

吐き捨てられた言葉の意味を理解しかねて瞳を瞬くと、卯佐美の肩をよりしっかりと抱きなおした勇毅が「親切面して性質が悪いな」と毒づく。

「勇毅？」

客のマダムは？　と尋ねると、「今は仕事中じゃない」と返される。

「大事なお客様だ。お相手をしていればよかったのに」

客の女性以外にも、多くの若くて美しい女性がユウキに興味を示していた。せっかくパーティに来たのだから、ゆっくりしていればよかったのだ。ユウキの仕事を邪魔する気はない。自分になどかまわなくていいのだ。

「おまえをひとりにできないだろ」

そう言われて、いつになく反発する気持ちが沸いた。勇毅の手を払って、ひとりで歩きはじめる。

だがいくらもいかないうちに、後ろから二の腕を掴まれた。

「ひとりで平気だ」

パーティ会場へ戻れと言う。

「用は済んだ」

戻る必要はないと返される。

「でも――」

「帰るぞ」

客を気にする卯佐美を、勇毅が強い口調で遮る。

「勇毅？」

怒ったのだろうか。自分が邪魔したから。

手のかかる自分がいなければ、勇毅はパーティ会場でもっとゆっくりできたはずで、客を増やすことも叶っただろう。顧客が増えれば、それだけ早く《蔓薔薇の家》を出ていける。

「今日はプライベートで出かけてきたんだ。客のことなんか気にするな」

仕事でもないのに、愛想笑いなどしていられないと言う。けれど、営業に繋がるのなら、プライベートを削っても愛想笑いをする意味はある。

「一日でも早く、終わらせたいだろう？」

早く《蔓薔薇の家》を出ていきたいだろう？　と尋ねる。だったら、客を大事にするべきだと、諌めたつもりだった。

「……そうだな」

呟く一方で、卯佐美の肩を抱く手の力を強める。より身体が密着する恰好で抱き寄せられ、耳朶《じだ》に問いが落とされた。

「《蔓薔薇の家》を出たら、どうしたい？」

今日、パーティに招待してくれたＯＢのように、自分で事業を興したり、店を持ったり、いくらでもできることはあると、勇毅は言う。

だが卯佐美には、いまだ考えることすら許されない、遠い未来の話でしかない。支配人としてあの場に居場所を求める程度のことしかできない自分は、キャストたちの何倍もの時間、《蔓薔薇の家》に縛られることになる。

「まだずっと先の話だ」

いつになるかもしれない。卯佐美には、何も考えられない。考えたくない。《蔓薔薇の家》を出たあとのことなど。ひとりで、孤独な世界に放り出されたあとのことなど。

「先、か……」

そうか……と、また呟いて、勇毅は卯佐美の肩においた手を頭に滑らせた。髪を梳く仕種は、幼いころとかわらない。

「みんなに、何か土産を買って帰ろうか」

気分が悪くないのなら、少し歩こうと言う。卯佐美はコクリと頷いた。かろうじて被った支配人の仮面は、勇毅の体温を感じた瞬間に解けている。

「甘いものがいいか。アサギも琉璃も甘いものが好きだから」

勇毅の提案に、またもコクリ。

長身の美貌のふたりが寄り添って歩く姿に、歩道を行き交う人が思わず……といった様子で足を止めても、卯佐美はもちろん勇毅も、気にとめることはない。

勇毅はわかっていてあえて、卯佐美は周囲に自分たちがどう映るのか理解できないままに。視線を感じれば、勇毅が注目を浴びているのだと思うだけだ。

勇毅の美貌は、人混みにも紛れない。

それを誇らしく思う一方で、遠くも感じる。

そんな卯佐美の心情を理解しながらも、勇毅の思いはまた別のところにある。勇毅の目には見えている。卯佐美の艶めいた憂い顔に目を止める人間の多さが。それすら受け入れかねる己の狭量さも、勇毅には自覚があった。

4

宇條が珍しくひとりでやってきたのは、桧室が琉璃をともなって出かけているためだ。

琉璃は受験生だが、この前の模試の結果が余裕のA判定だったとかで、がんばった琉璃をねぎらうという名目で、桧室が連れ出したのだ。

琉璃のために時間をつくる桧室のぶんまで働いている、というわけではないようだが、秘書の宇條は休んでいるところなど想像がつかないワーカホリックぶりだ。

宇條からは、《蔓薔薇の家》の経営改革案をプレゼンテーションするようにと、以前に宿題を出されていた。

卯佐美が提出したデータを表示させたパソコンのディスプレイに目を通しながら、宇條は持参したノートパソコンを開いて、届くメールや何がしかのデータを同時に確認している。

銀縁眼鏡の奥の涼やかな瞳が忙《せわ》しなく左右に動いている。明晰《めいせき》な頭脳が高速で情報を処理しているのがわかる。とても一朝一夕に真似《まね》できるものではない。

だが、宇條からは、近いうちに《蔓薔薇の家》の経営を任せると言われている。オーナーも同意しているが、そのために学ばなくてはならないことが多く、卯佐美は宇條からそのレクチャーを受けている途中段階だ。

「ユウキくんは、仕事を増やしているようですね」

予約と売上の報告書に目を通して、宇條が指摘する。

「はい」

あのパーティの翌日以降、ユウキは仕事を増やすようになった。

《蔓薔薇の家》を出たら……というような話をしていたから、何か思うところがあるのかもしれない。あるいは、勇毅はプライベートでの外出だと言っていたのに、卯佐美が客の女性を気にしていたから、気分を害したのだろうか。

「あなたもユウキくんも、ここを出たあとの展望があるのなら、いくらでも融資をすると桧室が言っています」

将来設計があるのなら、いくらでも相談にのりますよ、と言われて、見かけによらない宇條の面倒見の良さに密《ひそ》かに驚きつつも、卯佐美は首を横に振った。

「私は、いつになるかわかりませんから」

それを聞いた宇條が、一瞬怪訝そうな顔をして、それから何やら合点のいった様子で「そうですか」

と頷く。

「……？」

何がひっかかるのか？　と問う視線を向けると、宇條はそれを無視して、パソコンのディスプレイに視線を戻した。

「ユウキくんは、どう考えているのでしょうね」

「……？　彼なら、なんでもできるでしょうから」

自分が案じるようなことではないと、寂しく思いながらも表に出さないように返すと、宇條の眼差しがまた卯佐美を捉《とら》える。

「ふたりで話したりはしないのですか？」

大事なことでしょう？　と言われて、卯佐美はますます首を傾げた。

「……？　ふたりで？」

自分などでは、そもそも勇毅の相談相手になどなれない。話す必要性はない。

「なるほど、その段階ですか」

宇條が、眼鏡のブリッジを押し上げる。それを、彼が言葉を呑み込むときの癖と知らない卯佐美はますます戸惑った。

「……？　あの……」

反応の悪い教え子を諭すような口調で、宇條が言葉を継ぐ。

「私も桧室も、《蔓薔薇の家》のみなさんの将来を案じる気持ちくらいはもっています。仕事の件でなくても、話を聞くくらいはできます」

可愛いのは桧室のパートナーの琉璃だけではない。卯佐美のこともユウキのこともアサギも、みんなのことを桧室も宇條も考えているのだと言われて、卯佐美は意外な気持ちになった。

《蔓薔薇の家》を相続した当初、桧室はここを解体するつもりでいたはずだ。その考えは今でも変わらないのかもしれないけれど、経営改革という妥協案を提示して、卯佐美やアサギの居場所を残そうとしてくれている。

それは、琉璃が悲しむからだと、卯佐美は考えていた。あるいは、琉璃が桧室に頼んだからではないか、とも……。

だが、それだけではないのだろうか。

どう返していいかわからず長い睫毛を瞬くばかりの卯佐美に、宇條が微笑む。

「良くできています。が、もう少しブラッシュアップが必要ですね」

何点か指摘を入れたあと、詳しい赤を入れて戻すと、卯佐美が提出した経営改革案に対しての評価をくれる。本当に、先生のようだ。大学で学んだのとは比べものにならないほど、実地に則している。

宇條は桧室の秘書という立場にあるが、実際はビジネスパートナーとしての側面が強い。スケジュール管理などは、琉璃が大学を卒業するのを待って、全面的に任せたいと言っている。

そうなったときに、ビジネスの手を広げるにあたって優秀な人材が欲しいと以前から口にしていて、そういう視点で勇毅を見ているのだろう。だから、《蔓薔薇の家》に関しても、卯佐美に全面的に任せてしまいたいと考えているのだ。

「理論と実践は別物です。私にここをきりもりすることなど……」

「もうずっと、支配人として勤めています。無駄な謙遜《けんそん》は不要です」

卯佐美の心配を、宇條は取り合わない。なんでも相談にのると言ったばかりなのに。相談にはのるが、泣き言は聞かないということか。

「ですがそれは、館を管理しているだけのことで――」

「数字面がプラスされるだけの話です。お歴々との折衝は、有栖川の当主として桧室が表に立ちますから、心配は無用です」

顧客をさばき、キャストの面々に気を配る支配人の仕事と、経営とは別物ではないのかという卯佐美の問いを、宇條は一蹴《いっしゅう》した。ひとと接することに不安を抱える卯佐美を、突き放しているようであり、気遣っているようでもあり……宇條の厳しい言葉の裏を読むのは、なかなか難しい。

「あなたならできると思うからやらせているのです。私の目は節穴ではありません」

もちろん桧室も……と言われて、卯佐美は恐縮した。

「……っ、すみません」

そういうつもりでは……と頭を下げる。そんな卯佐美に、宇條はまたもよくわからない言葉を向けた。

「なにがあっても傍にいてくれるひとがいるんです。なにも怖いことはないでしょう」

混乱して、卯佐美は瞳を瞬くばかり。

「宇條さん……？」

持参したノートパソコンをたたみ、卯佐美が提出したデータはメディアにコピーして、宇條が腰を上げる。

部屋を出るときに、卯佐美を振り返って、そして言った。

「ここで育った皆、仲間意識を持っていて、社会に出てからもつながりがあるのは強みです。先代の真意も、きっとそこにあったのでしょう」

このまえパーティに招待してくれたOBしかり、ドクターしかり。出ていったあとも、何がしかのかたちで《蔓薔薇の家》にかかわりを持つOBは多い。

「ひとりで戦うわけではないと、覚えておくことです」

薄いグラスの奥の炯眼《けいがん》が、卯佐美を見据える。

その意味を問いたくて、でもその隙《すき》を与えてくれないままに、宇條は立ち去った。

残されたパソコンの前に座って、指摘された箇所を確認する。あの短い時間で、ほかの仕事も処理しながら、このかなりの量のある提案書に目を通して、的確な指摘をする。それをあたりまえにこなす宇條に可能だからといって、自分にできるとも思えないが、やるよりない。でなければ、自分には居場所がなくなる。

読み返すのは、宇條から詳細な返答を受け取ったあとにしよう。たぶんきっと、桧室の意見も反映されたものが返されるに違いない。

先に数字面のシミュレーションだけ確認しておこうと、開いていたファイルを閉じ、別のソフトを立ち上げる。

その過程で、卯佐美はそれに気づいた。

見覚えのないファイルのアイコンが追加されている。

さきほど宇條が、自分のメディアにデータをコピーするときに、何か間違えたのだろうか。まさか宇條が？　そんな初歩的なミスをするとも思えない。

最新のセキュリティ対策をしているから、ウイルスの可能性は低いと考えた。記憶にないだけで、自分が何かコピーかダウンロードしたのだろうと、アイコンをクリックする。

フォルダに収められていたのは、卯佐美が使っている計算ソフトと同じもので、やはりシミュレーションのデータを弄《いじ》っているときに、違うフォルダに一時的に保存してしまった程度のことだろうと考えた。

そのまま閉じようとして、しかし少し違うことに気づいた。

やはり、自分が作成したデータではない。

宇條のものだとしたら、社外秘のデータが含まれる可能性もある。不用意に覗いていいものではないだろうが、開いてしまったものはしょうがない。

念のために確認だけ……と考え、データに目を通しはじめた卯佐美は、それが《蔓薔薇の家》の経営にかかわるデータであることに気づいた。

収支報告ではない。知った名前が一覧になっている。

「これ……」

《蔓薔薇の家》に身を寄せる者たちの、負債の計算書と思われた。

各々が背負った負債と《蔓薔薇の家》が立て替えた金額。返済された額と、負債の残高。

琉璃の欄は、残高ゼロになっている。桧室が身請けしたためだ。

現在《蔓薔薇の家》に現役で所属している者の名前のなかに、もうひとり、負債額がゼロと表示されている名前があった。

「……なんで……？」

卯佐美尚史――卯佐美本人だった。

卯佐美の負債金額がゼロになっている。

卯佐美が抱えた負債は、実父が経営していた会社を倒産させたときに負ったものと、そして多忙を理由に家庭を顧みない夫に愛想をつかせ愛人に貢いだ実母がつくった借金と、さらにはそれを責められた母が父を道連れに無理心中を図ろうとして起こした交通事故で巻き添えにしてしまった通行人二名に対する賠償金だと、当時の状況が理解できる年齢になったときに、教えてくれたのは先代オーナーだった。

だから、卯佐美の抱えた負債の額は、他の面子に比べても多額なものだった。正確な金額も、卯佐美は先代オーナーから聞かされている。だから、自分が《蔓薔薇の家》から解放される日など、遠い先の話だと理解していた。

何かの間違いか、それとも本物のデータではないのだろうか。宇條が何かのシミュレーションを試みて数字を弄っていたことも考えられる。

けれど……。

「……まさか……？」

数字を読み解くうちに、それに気づいた。卯佐美の負債額がまるまる上乗せされた負債を負わされている者がいる。卯佐美の負債がゼロになった日付で、同額が上乗せされているのだ。

「勇毅……？」

勇毅の負債額が、他の面子の数字とは比べものにならない金額になっている。

――勇毅が、肩代わりしている……？

ありえない可能性が思考を過って、卯佐美は愕然《がくぜん》とした。

このデータが本物だとすれば、自分のぶんまで勇毅が借金の返済をしていることになる。簡単な足し算引き算の問題だ。記載されている数字が事実だとすれば、もともと勇毅が負っていた借金はすでに清算されている計算になる。

勇毅の負債は、父親が実兄の借金の連帯保証人になったために負ったものだと聞いている。

父親の兄――勇毅の伯父一家は夜逃げし、行方知れずに。数年後、山奥で白骨遺体となって発見された。その後、警察の調べで、失踪《しっそう》直後に一家心中をはかったものと結論づけられた。

結果的に借金を肩代わりすることになった勇毅の両親は、自分たちの保険金で借金を清算しようと考えたのだろう、事故を装った偽装自殺を図るものの、警察の鑑識捜査によって見破られ、免責期間だったために結局保険金は支払われなかった。

その事故で、勇毅の両親と弟が死んだ。勇毅だけが、運よく軽傷で生き残った。

卯佐美や勇毅のような子どもを、先代がどうやって探し出していたのか、いまとなってはわからない。

親の借金は、相続放棄することで免れることが可能だ。だがそうさせることなく、《蔓薔薇の家》

に引き取って育て、借金で縛るというと聞こえが悪いが、施設に引き取られていては絶対に望めない裕福な暮らしと理想とする高水準の教育を与え、いずれは有栖川に益をもたらす人材に育てようと先行投資を試みた。

先代の選考基準が頭脳と容姿だったことは明白で、どこからか基準に合う天涯孤独の身の上の子どもがいるという情報を得ていただろうことは疑いようがない。あるいは、警察内部に情報源がいたことも考えられる。

そういった選別の側面が、現オーナーの桧室には気に食わないのだろう。

どうせ手を差し伸べるのなら、えり好みせず、平等にするのが正しい道だと、彼なら言うに違いない。

それは事実だが、先代の目に留まったおかげで、卯佐美も勇毅も救われたのは事実だ。とくに卯佐美は、施設に引き取られていたりしたら、どんな人生を歩む結果になっていたかしれない。

卯佐美の借金が勇毅に上乗せされたのは、勇毅がキャストデビューして間もないころの日付になっていた。つまりは、先代がOKを出したということだ。

先代には、何か考えがあったのだろうか。それとも、卯佐美に返済能力がないとわかっていて、勇毅に肩代わりさせたのだろうか。

なにがしかの取引があったのだとしたら、果たして勇毅にどんなメリットが？　どれほど考えても、デメリットしか思い浮かばない。

「どうしてこんな……」

呟いた瞬間には理解していた。卯佐美を《蔓薔薇の家》から解放するためだ。自力では叶わない卯佐美のために、勇毅がそれを叶えてくれようとした。

だが、卯佐美の願いは、別にある。

自分のせいで、《蔓薔薇の家》に縛られる必要のない勇毅を縛りつけていたなんて、ありえないことだ。勇毅こそ、ここを早く出て、好きに生きる自由も才能もあるというのに。

放っておけなかったのだろうか。

卯佐美が《蔓薔薇の家》に引き取られてきたとき、先代は勇毅に「弟だと思って世話をするように」と言ったと聞いている。責任感の強い勇毅のことだ、頼まれた手前、放置できなかったのかもしれない。あるいは、自分は本当に亡弟の身代わりなのか。

幼い卯佐美は、母親のストレス発散の捌け口だった。虐待は日々繰り返され、育児放棄され、精神的にも肉体的にも、限界に近い状況にあった。

両親の事後が起きたのはそんな時期で、皮肉なことに、両親の事故死によって、卯佐美は救われたのだ。あのままの生活がつづいていたら、いずれ衰弱死していただろうと、保護された当時、卯佐美を診察した医者は言ったという。

《蔓薔薇の家》に引き取られてきた当時、家族を一度に失った勇毅自身も、深い心の傷と濃いトラウマを抱えていたはずだ。だというのに、勇毅は卯佐美を庇《かば》い、気遣い、根気よく面倒を見てくれた。借金の肩代わりも、その延長なのかもしれない。

このデータは本物だと卯佐美は判断した。

勇毅に、これ以上の迷惑はかけられない。

勇毅の負債残高を、自分の欄に移動させる。データを上書き保存して、そして考える。自分に何ができるか、を。

「因果応報、か……」

少し前のことだ。桧室が自分を恋人ではなく息子として引き取ろうとしていると知った琉璃が、絶望のあまりキャストデビューしたいと言い出したことがあった。あのときの琉璃の気持ちが、今の卯佐美にはよくわかる。

その琉璃を利用して、性質の悪い会員を退会に追い込む証拠を摑もうなどと、卯佐美が浅はかな考えに囚われた結果、可愛い琉璃を危険な目に遭わせてしまった、苦い経験。そのツケがまわってきたのだと、卯佐美は感じた。

琉璃は気にしていないと言ってくれたが、卯佐美自身は自分を許せないでいる。その罰を受けるのだと考えれば、納得のいく話だ。

卯佐美は、自分の居場所と存在意義を、確かめたかったのだ。

自分は《蔓薔薇の家》に縛られているだけの役立たずではなく、支配人として館をしっかり管理しているのだと、思いたかった。だから、できもしない計画を立てて、結局オーナーにも宇條にも迷惑をかけ、琉璃に怖い思いをさせた。勇毅に愛想をつかされなかったのが、不思議なくらいだ。

今度こそ、自力で解決しなくては。

勇毅に肩代わりさせていいはずがない。これまでのぶんも、清算し直す必要がある。

「勇毅、どうして……」

なぜ？　と問えば簡単な話なのに、それができない。

先代に頼まれたから、ただの義務だと言われたら、卯佐美はもう、この場にいる意味どころか、生きている意味をも失ってしまう。

幼い日、実の親にすら見捨てられた身だ。そんな自分に、存在価値を見出せるわけがない。

ただ、勇毅の傍にいたかった。

そのためだけに、この場にいる。そのためなら《蔓薔薇の家》に縛られたままでも、いいと思っていた。

でも、それが許されないとわかった今、自分にできることなど限られている。

その日、卯佐美にタイムリーすぎる質問を寄越したのは、《蔓薔薇の家》の会員となってすでに長い壮年の紳士だった。さる大企業の創業者の孫で、表にはあまり出てこないが、実質的に経営を動かしている人物だ。

当初アサギを気に入って、足繁く求愛に通っていたのだが、アサギが今の客以外を受け入れるつもりがないとわかってからは、支配人や手の空いているキャスト相手に、お茶を飲みにやってくる。最近のお気に入りは、まだ若いキャスト見習いたちを集めて、将棋のレクチャーをすることだ。

「きみは、キャストをするつもりはないのかね？」

実は以前から思っていたのだが……と前置きして、紳士はそんなことを言いだした。

「いえ、私など……」

とても……と笑って話を逸らそうと試みる。自分はアサギやユウキのような美貌ではないのだから、支配人がせいぜいだと返すと、紳士は「きみが言うと謙遜にすら聞こえないがね」と肩を竦めて笑った。

「……？」

怪訝に首を傾げる卯佐美に「ともかく」と、紳士が話をつづける。

「このまえ紹介させてもらった甥《おい》だがね、どうもきみを気に入ったようでね。もちろん支配人を口説くのはご法度だと分かっているのだが……だからね、キャストをする気はないのかと、尋ねてみたわけだが」

どうかな？　と確認をとられて、卯佐美は「お気持ちは、ありがたく」と、いわば断りの言葉を返した。《蔓薔薇の家》のルールは曲げられない。

だが胸中には、揺れる気持ちがあった。

キャストとして稼げれば、ユウキに肩代わりさせてしまった借金を清算できるかもしれない。

紳士も紳士の甥も、このままえルール違反を犯して卯佐美を口説いてきた客とは大違いで、身元も人物像も信頼のおける相手だ。そういう相手にならら……。

自分を欲してくれる客など、今後そうそう現れるとも思えない。だったら……と、つい考えてしまって、ふと我に返り、冷や汗を覚えた。

「まぁ、考えておいてくれたまえ」

時計を確認して、紳士が腰を上げる。

「お気をつけて」

車寄せまで見送って、卯佐美は深く腰を折った。走り去るセダンのテールライトが見えなくなってようやく、上体を起こす。

――キャスト……。

自分などを欲してくれる酔狂な客も存在する。だったら、不可能ではないだろう。

支配人になったのは、前オーナーの指示だった。だったら、現オーナーの許可が下りれば、支配人職を誰かに譲って、キャストになることも可能ではないのか。

専属契約で、高額な契約金をとれれば、それでユウキを解放できるかもしれない。

勇毅の傍にいたくて支配人を引き受けたけれど、それがまったく意味のないことだったのなら、自分にできることは、一刻も早く《蔓薔薇の家》から勇毅を解放してやることくらいだ。

桧室も宇條も、勇毅の才を買っている様子だった。《蔓薔薇の家》を出ても、勇毅ならなんとでもなる。きっと成功できる。

けれど自分には、ここにいることしかできない。だったら、自分ひとりが《蔓薔薇の家》に縛られていればいい。

勝手をすれば、結果的に客に迷惑がかかる。ルールを犯せば、借金の清算も叶わなくなる。

桧室か宇條に相談するよりないだろう。それで勇毅に話が伝わってしまっても、そのときこそ勇毅の真意を問えばいい。

そのまえに、先ほどの客に根回しをしておくことにする。やはり気が変わったと言われる可能性がないとは言いきれない。自分は、アサギやユウキとは違うのだから。

オーブンの扉を開けると、ふわり……と芳ばしい香りが鼻孔を擽った。甘い匂いが、ホッと心を和ませてくれる。

郷愁をそそられる焼き菓子の甘い香りが、アサギは好きだった。

ふんわりと仕上げることの難しい米粉のマフィンだが、今日は綺麗に焼けた。ウォルナッツ&ドライフィグと、チョコマーブル。小麦を使ったものと違ってどっしりと食べ応《ごた》えがあるから、腹持ちもいい。

焼きたてを割って、ひと口。味も完璧だ。

来客のない夜は、暇を持て余してスイーツをつくる。もっと手の込んだものもつくれるけれど、今日は待ち人の帰宅を待ち構えていただけだから、簡単な焼き菓子にした。簡単とはいっても、米粉を使ったものはテクニックを要するから、レシピ本を見て即作れるものではないけれど。

待ち構えていた人物の帰宅を確認して、足音がキッチンの前を通り過ぎるタイミングで、声をかけた。

「あんた、何がしたいの？」

その声が、顔は見えずとも自分にかけられたものとわかったのだろう、足を止めてキッチンを覗き込んだのはユウキだった。

「なんだ？　唐突に」

またご機嫌斜めなのか？　と、オーブントレーに並んだマフィンに視線を落として呆れた顔をする。

「忙しくて来られないだけで――」

「俺のことはいいんだよ」

誤魔化すんじゃねぇよ、とあえて口汚く指摘する。ユウキの纏《まと》う空気が変わった。

「支配人、また口説かれてたぜ、このまえとは別の客に」

「……なんだと？」

予想以上の反応だった。それを見て、アサギはククッと喉《のど》を鳴らす。

「怖い顔。あんたのそんな顔、支配人は知ってるのか？」

面倒見のいい兄貴分として《蔓薔薇の家》の面々から慕われるユウキだが、本性を知るのはごく一部の人間だ。アサギはそのうちのひとり。

八方美人を装いつつ、ユウキは支配人のことしか考えていない。八方に目を配っているように見えるのは、すべては支配人のためだ。支配人が気に掛けるから自分も気に掛けるふりをしているにすぎない。何かあれば支配人が傷つく。それを恐れているだけのことだ。

「支配人、なんか考え込んでたぜ」

よからぬ思考に陥ってなければいいけど……と、挑発的に言う。

「あんたらが何をこじらせてるのか知らないけど、支配人が泣くなら、たとえあんたが相手でもみんな黙ってないぜ」

それほど、《蔓薔薇の家》の面々に、卯佐美は慕われている。卯佐美自身がどう思っていようと、それは事実だ。だからこそアサギも、らしくなくふたりの問題に首を突っ込んでいる。

ユウキが支配人をどうしたいのか。以前から疑問に思っていた。支配人の心の病を考慮するにしても、ユウキの心情が歪みすぎている気がしてならない。

「支配人をどうしたいんだよ」

ずっと傍にいて、守って、愛したいだけなのか。だったら、とうにふたりの関係は変化していていいはず。勇毅なら、支配人に触れられるのだから。

「俺の目には、あんたのほうがよほど病んでるように見えるけどな」

これまで口にしなかっただけで、もうずっと以前から感じていたことをぶつけてみる。ユウキは愉快そうに喉の奥で笑った。

「おまえがそう言うなら、そうなんだろ」

アサギの観察眼は買っているよ……などと、胡散臭《うさんくさ》いことを言う。

「開き直ってんなよ」

まじめに答えろ！　と噛みついても、サラリと躱《かわ》される。

「あんまり口が悪いと愛想つかされるぞ。それとも――」

余計なお世話だ！　と肩を怒らせるアサギに大股に歩み寄ってきたかと思ったら、逃げる間もなく間近に凄《すご》まれた。

「そんなおまえも可愛い、とか言われて腰砕けになってるのか？」

ちょろいやつだな……と揶揄の言葉とは裏腹に、背筋を凍らせる冷ややかな声。アサギはぐっと奥歯を噛みしめた。

やり込められて唇を噛むアサギを置いて、ユウキが背を向ける。

「ほんっとに支配人にチクるぞ！」

キッチンを出ていく背に精いっぱい毒づくと、足を止めた長身が振り返った。アサギはそれ以上の言葉を呑み込む。

「あいつを傷つけたら、たとえおまえでも殺すぞ」

「……っ」

まともに冷気を浴びせられて、血が冷えた。「くそっ」と毒づけたときには、すでにユウキの姿はドアの向こうに消えていた。

「誰が一番傷つけてるんだよっ」

こじらせた風邪は性質が悪い、典型のような関係だ。

卯佐美とユウキ、果たしてどちらがより依存しているのか。

「くっそ。ホントにチクってやる」

けれど、その相手は支配人本人ではない。アサギだって、支配人の悲しむ顔は見たくない。


琉璃が大学に通いやすいようにと用意したマンションは、すっかり新居と化して、桧室が以前に住んでいた部屋には、ときおり必要なものを取りに行く程度になっている。

すっかり引っ越してしまってもいいのだが、琉璃が大学を卒業したら有栖川の屋敷で暮らす約束になっているのもあって、そのときに不要になった物件は処分するなり、考えればいいだろうと、今のところは放置している。

リビングのローテーブルには、琉璃が用意した酒のつまみが数種類、白い皿に美しくプレーティングされて出されている。それを見て、桧室が選んだのはワインだった。

桧室が持ち帰った仕事を広げていたために、琉璃が気をきかせてローテーブルに皿を運んだのだ。

仕事が片付くころには、ダイニングテーブルが整っている寸法だ。

少し前に、携帯端末が秘書からの連絡を受信していた。完全に電源をオフにするわけにはいかないのが立場上つらいところだが、桧室敞之として成し遂げた事業の他に、有栖川家の事業も引き継ぐことになってしまったのだからしかたない。決めたのは自分だ。

「お食事、そちらに運びますか？」

キッチンから、エプロン姿の琉璃が出てくる。

パステルカラーのエプロンは、桧室が選んだわけではない。宇條からのプレゼントだ。これを使うように、ここで暮らしはじめるとき宇條からもらったのだと、琉璃が言っていた。

敏腕秘書は、ときおり見た目に似合わぬ悪戯心を見せるときがある。琉璃が真っ赤になって照れる表情を見て喜んでいるのだ。

桧室があつかう仕事には社外秘情報も多いだろうと、琉璃は不用意にパソコンや書類を覗き込んだりしない。桧室が仕事を広げていると、少し距離をとって立つ。

その琉璃を手招きして、傍らに立ったところで腕を引いた。

「……っ！　危な……っ」

倒れ込んできた痩身を膝に抱き上げて、不服を訴える唇を軽く啄《ついば》む。

「……っ、敞之さんっ」

もうっ、と文句を言いながらも、逃げはしない。桧室の首に甘えるように腕をまわしてくる。料理の匂いを纏った琉璃は、新妻よろしく年齢不相応に艶っぽい。

「献立は？」

「肉じゃがと鰤《ぶり》の照り焼きとほうれん草の胡麻和《ごまあ》えです。お味噌《みそ》汁はお豆腐と――」

説明の途中でドアチャイムが鳴った。こんな時間に来客？　と、首を傾げながらも膝から降りようとするのを、腰を抱き寄せることで止める。

「敞之さん？　お客さま……」

「放っておけばいい」

「でも……っ」

そんなやりとりをしている間に、焦《じ》れた訪問者がスペアキーで勝手に玄関を開けて入ってきた。先に連絡が入っていたこともあって、桧室には訪問者がわかっていたのだ。もちろん、万が一に備えてのスペアキーを渡している相手など、ひとりしかいない。

「おくつろぎのところ、失礼いたします」

まったく動じることなくリビングのドアを開けたのは宇條だった。驚いた琉璃が、慌てて桧室の膝から飛び降りようとするのを、痩身を腕に囲い込むことで止める。

「ちょ……っ、放……っ」

真っ赤になって慌てる琉璃を、宇條がしれっと制す。

「どうぞそのまま」

用件を済ませたらすぐに帰りますので……と、落ち着き払って言う。そのほうが恥ずかしいとわかってやっているに違いない。真っ赤になった琉璃は羞恥のあまり顔を上げられない様子で、桧室の肩に顔を伏せている。

「申し訳ございません。こちらにサインを」

真っ赤になって震える琉璃を微笑まし気に見やって、口許に満足げな笑みを刻む。こいつは絶対に、構いすぎてペットに嫌われるクチだな……と桧室は苦笑した。

「それからもうひとつ」

そう言って、宇條がタブレット端末を操作する。それを片手で制して、「話は聞いている」と桧室は返した。

「好きにさせろ。……と言いたいところだが、悪化して社会生活もままならなくなるのは目に見えているぞ」

琉璃にわからないように会話するのは、個人名を出せないために、なかなか難しい。

「焦れったすぎて、いいかげんキレそうです」

宇條が、やれやれだ……と眉間に皺を刻む。つい先日は、アサギが客との間に起こしたトラブルにイラッとさせられていたようだが、どうやら目下のところの苛立ちは、アサギ以上に年長組のほうに原因があるらしい。

「あの……？　もしかして、支配人のことですか？」

琉璃がおずおずと顔を上げる。当初から、敏《さと》いところのある子だと思っていたが、さすがは宇條の眼鏡にかなっただけのことはある。

「支配人、どうかされたんですか？」

社会生活……という下りで察したのかもしれない。《蔓薔薇の家》の面子のなかで、精神面に問題を抱えているのは卯佐美だけだ。

「でも、支配人にはユウキさんがついてるし……」

宇條が、どこか満足げな顔で桧室を見やる。桧室は琉璃を不安にさせないように、「大丈夫だ」と熱の残る頬を撫でた。

「卯佐美くんは、ユウキがいないと生きていけないように、あなたの目にも映りますか？」

宇條が、琉璃に尋ねる。琉璃は少し考えたあと、「逆かも……」と呟いた。宇條が銀縁眼鏡の奥の目を細める。桧室も、愉快な気持ちで間近にある愛らしい横顔を見やった。

「執着がより強いのはユウキのほうでしょうね。卯佐美くんには、身を引こうとするだけの理性がありますす」

卯佐美からは、まだなんの申し出もない。桧室に打診してきたのは、客の紳士のほうだ。卯佐美をキャストとして売り出す気はないのか、と尋ねられて、経緯を聞いた。

入れ替わりに宇條に連絡を入れてきたのが誰かなど、言うまでもない。桧室に直接連絡すると、琉璃経由で卯佐美に伝わることを懸念したのだろう。

「で、おまえの結論は？」

「荒療治もときにはいいのではないでしょうか」

ともに好きにさせればいい、と突き放した言い草。

「任せる」

結果的に大団円になって、琉璃が泣くことがなければ、桧室にとってはどうでもいいことだ。琉璃にとって《蔓薔薇の家》の面々は家族だ。桧室のもとにきてからも、琉璃は家族の幸せをいつも気にかけている。

あのふたりより、琉璃のほうがよほど大人ではないかと、自分を棚上げして桧室は呆れた。客に対して意地を張りつづけるアサギといい、年長者のほうがいろいろこじらせていて、まったく始末に悪い。

「今度は何を企んでるんですか？」

桧室と宇條の顔を交互に見やって、琉璃がむぅぅっと口を尖らせる。支配人が泣くようなことがあったら許さないと拗ねられて、桧室は苦笑した。

「あとのフォローはお任せします」

野暮なお邪魔虫は退散いたします、と宇條が背を向ける。「逃げたな……」と苦々しく呟く桧室の目の前で、琉璃が大きな瞳に不服を浮かべていた。

「大丈夫だ。いっとき泣くことになるかもしれないが――」

琉璃の大きな瞳が、うるるっと潤むのを見て慌てる。

「――収まるところにおさまる。……たぶん」

「……たぶん？」

「……」

正直に言わせてもらえば、他人の色恋の行く末まで、責任は負えない。だが琉璃は納得いかない顔で桧室を睨《にら》む。

「心配ない」

苦笑しつつ、膨れた頬を撫でる。あのふたりが、互いの存在なしに生きていけるはずがない。そもそも、自分も宇條もそれを許すつもりはない。

「私のことだけ考えていればいい」

たとえ《蔓薔薇の家》の面々でも、琉璃の思考を占領するのは許さないと、痩身を腕に囲い込む。

エプロンに包まれた痩身を撫でると、琉璃は白い頬にカッと血を昇らせた。

「ご飯が冷めます」

桧室の不埒《ふらち》な手を払いつつ、琉璃が訴える。このままベッドに連れ込む気でいた桧室は、先手を打たれて降参した。


宇條が次に《蔓薔薇の家》を訪ねたときに、卯佐美は負債の件を口にしなかった。ただ、「今からでもキャストとして仕事をすることは可能でしょうか」と尋ねてきた。

「できるのですか？」

「……やります」

理由も言わない。言わなくても宇條ならわかっているはずだろうという態度が透けて見える。

「〝したい〟のと〝できる〟のとは別の話です」

桧室経由で、客からの打診は受けているが、宇條は卯佐美をキャストにする気はさらさらなかった。そもそもできるとも思わない。

「できます」

それでも卯佐美はかたくなだった。

まったく、どうしてこのふたりは、思っていることを正面からぶつけ合う方向に進まないのだろうか。こうなるとは、さすがの宇條にも計算外だったが、それならそれで桧室に言ったとおり荒療治をすればいい。

「わかりました。ですが、支配人の後任を決めなくてはなりません。それまでは返答保留とします」

「ありがとうございます」

綺麗な所作で頭を下げる。人形のように整った美貌だと宇條は思うのだが、卯佐美は己の容貌を正しく評価していない。

心の病の問題もあって、はじめにキャストは無理だと言われたこともその原因のひとつだろうが、それ以上に、勇毅に守られることで狭い世界で生きてきたがゆえに、限られた人間の言葉しか聞いてこなかったためだ。

勇毅が意図的にシャットアウトしていたことは、第三者の目には明白だが、卯佐美にその自覚はない。

卯佐美は、勇毅の執着の檻《おり》のなかにいる。

それを知らないまま生きるのが幸せなのか、それとも一度檻を飛び出して世間の怖さを知るのがいいのか、心を病む卯佐美の場合、どちらとも言い難い。

ひとつ確実なのは、卯佐美は勇毅のいない世界で生きていけないし、勇毅も卯佐美のいない世界に生きる意味を見いだせないだろう、互いに強く依存しあっている事実だ。

ただの愛情に収まりきらないから性質が悪い。

——厄介ですね。

宇條は胸中でひっそりとため息をつく。

こじれた初恋ほど面倒なものはない。《蔓薔薇の家》の経営を一年で黒字転換するほうが宇條にとっては数百倍容易だ。

5

比較的、来客の少ない静かな一日だった。

昼前に客を見送ったアサギは一日寝ていて部屋から出てこなかったし、琉璃のアルバイトも休みで桧室の訪問もない。宇條からの連絡もなく、他のキャストたちも固定客の訪問を受けただけ。

昼間、得意客のマダムの買い物に付き合っていたユウキも夕方には戻って、卯佐美も早い時間に仕事を切り上げることができた。たまにはこういう日もある。

忙しければ何も考えなくて済むのだけれど、暇だとあれこれ考えてしまってよくない。何かミスをする前に切り上げられてよかった。

早々に自室に引っ込んで、宇條から出された宿題のつづきにとりかかる。キャストとして働きたいと申し出てはみたものの、かといって一度与えられたものを中途半端にはできない。

部屋着に着替えてパソコンに向かっていると、部屋のドアがノックされた。卯佐美が応じるまえに「俺だ」とドアの向こうから声がかかる。勇毅だ。

ドアを開けると、仕事モードではなく、普段着の勇毅が車のキーを手に立っていた。

「飯、食いに行こう」

今日は人も少なくて静かだから、シェフの手を煩わせるのも悪い。外に食べに出ようと言う。どうしようかと迷ったのは一瞬のこと、二つ返事で応じて、立ち上げていたパソコンをシャットダウンする。

このまえパーティの招待状を送ってくれた《蔓薔薇の家》のOBの店にでも行くのかと思ったが、それだとそれなりの恰好をする必要がある。

勇毅が卯佐美を連れ出したのは、《蔓薔薇の家》からさほど遠くない、緑地公園脇《わき》にたつ一軒のカフェだった。

駅からも商店街からも外れた場所にあるというのに人気の店で、週末ともなれば行列ができる。だが平日の中途半端な時間帯、店に客の姿はまばらだった。

だが、店に入るわけではない。卯佐美も、それはわかっている。

店のカウンターで、手作りソーセージのホットドッグとファラフェルサンド、ミントティーをふたつオーダーして、テイクアウトする。

そのまま歩いて公園を突っ切り、高台へ。なにがあるわけではない。小高く盛り土のされたてっぺんに、ベンチがひとつ置かれているだけの場所だ。

だが、ふたりにとっては想《おも》い出の場所だった。幼いころ、館を抜け出し、ふたりでここまで歩いて来たのだ。子どもの足では結構な冒険だったが、ふたり一緒なら怖くなかった。

前オーナーにもらったお小遣いでホットドッグを買って、ここへきた。ベンチに並んで腰掛け、ひとつのホットドッグを分け合って食べた。

この時間に勇毅が卯佐美を連れ出した理由はすぐにわかった。幼いころに見たのと同じ夕陽が、いままさに沈もうとしている。

あの日と同じように、周囲に人気はない。ふたりは並んでベンチに腰を落とした。

「あのとき、なんでここまで来たんだっけな」

カフェのロゴが刷り込まれた紙袋からホットドッグの包みをとって、勇毅はあのときのようにふたつに割った。まだ湯気を立てるホットドッグにかぶりつきながら、半分を卯佐美に差し出す。受け取ったそれを、卯佐美も懐かしい気持ちで口にした。

ミントティーは、フレッシュミントの香りとメイプルシロップの甘さが絶妙で、ジャンクなホットドッグに合う。

「僕が、学校に行きたくないって、泣いたからだ」

幼い卯佐美が、学校に行くのを怖がった。厳しく躾《しつ》けようとする前オーナーにも怯えた時期があった。そのときに、勇毅が卯佐美を連れ出してくれたのだ。

ここで、太陽が沈むのを肩を寄せ合って眺めた。勇毅がずっと手を握りしめてくれていたから、卯佐美も怖くなかった。

「どうしたらおまえを守れるだろうって、そればかり考えてた」

幼い日の自分を、勇毅はそんなふうに振り返る。

だから？　だから、卯佐美のぶんまで負債を背負ったのか？

「《蔓薔薇の家》を出たら、どうしたい？」

少し前にも、訊かれたことだった。

「僕には、関係のない話だ」

この前も、そう言ったはず。まさか自分の負債が勇毅によって清算されているなんて、考えもしなかったから。

「出してやる」

勇毅が、だから先のことを考えろという。

「無理」

卯佐美は即答した。

「僕の負債はゼロにはならないよ」

言外に、勇毅がしたことを知っている、と告白した。いや、責めた。

勇毅が、厳しい視線を向ける。

「僕は……私は、《蔓薔薇の家》に縛られる覚悟で支配人の役目を受けた。自分の尻拭《しりぬぐ》いは自分でするつもりだった。なのに、どうして？」

どうして、卯佐美の負債まで自分で背負おうとしたのか。しかも、卯佐美に断りもなく。勇毅に迷惑をかけるつもりなどなかった。負担になるなど、ありえない。

ずっとずっと、勇毅に縋って、甘えて、生きてきた。その自覚があるからこそ、勇毅の人生の邪魔になどなれない。もっと早くに《蔓薔薇の家》を出ていたら、勇毅にはもっと違った人生が待っていただろうに。

「おまえの負債はゼロになっている。《蔓薔薇の家》を出ろ」

「帳簿上、私の負債はゼロではない」

数字を弄ったのだと告白する。あのデータが本物でも偽物でもかまわない。数字上の計算は合っている。

「一生、あそこで暮らす気か？」

卯佐美は、支配人として働くことしかできない。月々返済できる額は、キャストに比べたらたかが知れている。一生、縛られることになる。

そもそもその覚悟で支配人になったと言っている卯佐美には、たいして意味のない問いだった。

一生縛られるのはとうに覚悟の上。そのうえで、今なら別の方法もとれる。

「返済方法はひとつじゃない」

支配人として返済しきれないぶんは、キャストとして働けばいい。そうしたら、勇毅が肩代わりした額を稼ぐのも、難しいことではない。

「できもしないことを言うな」

「できる！」

反発心のままに、声を荒げていた。感情を露《あら》わにするのは、精神力を消耗する行為だ。それだけで、卯佐美の心臓は悲鳴を上げていた。

「いまでも俺以外に触れられるのが怖いくせに、どうやって!?」

「我慢する！」

心の病なのだ。その気になればなんとでもなると返す。それが無茶でしかないことなど、自分が一番よくわかっているくせに。

「我慢？　できるわけないだろ！」

「決めつけるな！　僕だって――」

二の腕を摑まれ、卯佐美の薄い肩がビクリと震えた。勇毅の纏う空気が剣呑さを帯びて、卯佐美の肌を粟立《あわだ》たせる。

乱暴に頤《おとがい》を捕られて、卯佐美の痩身が硬直した。

「ほらみろ。この程度で青くなってて、よく言う」

「違……っ」

これは、違うと必死に頭《かぶり》を振って勇毅の手から逃れる。だが、この段階ですでに腰が抜けてしまって、卯佐美は立ち上がることができなかった。ベンチの上をわずかに後ずさったにすぎない。

「違わない」

勇毅の吐息が近づいた。

「違…う、……っ！」

喘《あえ》ぐ唇を塞がれて、瞳を見開く。すぐ目の前に、勇毅の端整な顔があった。

——……っ！

口づけられたのだと、ようやく理解する。硬直した卯佐美の痩身を、勇毅の腕が抱き寄せる。

「や……めっ」

掠れた声で訴えて、肩を押しのけようとするものの、すでに腕に力が入らない。すると今度は深く咬《か》み合わされて、呼吸すらままならなくされた。

「……っ！　……ん、うっ」

強張りをとくことがかなわないまま、痩身が瘧《おこり》のように震える。白い指は勇毅のシャツに縋るばかりになって、諾々と口づけを受け入れる。

息も絶え絶えになったころ、ようやく解放された。だが、落とされたのは、甘さのかけらもない追及だった。

「怖いんだろ？」

「勇……毅？」

口づけの意図を理解する。これは、追及の口づけだ。

「この程度でこんなにガチガチになってて、客を喜ばせられるわけがない」

勇毅の胸に抱きしめられながらも、卯佐美の痩身は震えを隠せずにいる。いつもなら、勇毅の傍が一番安心できるのに。今は、怯えを露わにしている。

「違……っ」

たしかに卯佐美の肉体は震えているけれど、勇毅が指摘するのとは、理由が少し違う。けれど、卯佐美には、それを上手く説明できなかった。恥ずかしくて、本当のことを言えなかった。

キスが嫌じゃないなんて……。

だから、怖くて震えているだなんて……。

「なにが違う？」

完全に誤解した勇毅は、いい加減に認めろと、追及の手を強めてくる。卯佐美がキャストになるの

をあきらめて、《蔓薔薇の家》を出ることに頷かない限り納得しないという顔だった。

「おまえには無理だ」

言いきられて、カッと頭に血が昇るのを感じた。

「無理じゃない！」

思わず、強い口調で返していた。

勇毅が、苦い顔で目を瞠《みは》る。卯佐美がここまで強情だとは思わなかったと、間近に見据える目が告げている。

小刻みに震える痩身を突き放して、勇毅はひとつ息をついた。

「わかった。好きにしろ」

吐き捨てて、ゴミを放り込んだ紙袋を手に腰を上げる。

「勇毅……」

震える身体を己の腕で抱きしめる卯佐美に、勇毅が手を差し伸べる。その手から反射的に逃げてしまって、卯佐美は自身の反応に驚いた。一瞬、傷ついた表情を浮かべたものの、それをサッと消し去って、勇毅が手を引く。

「車で待ってる」

そう言い置いて、丘を下っていく。

散策路の途中で手にした紙袋をゴミ箱に放り込んで、卯佐美を振り返りもせず、歩いて行ってしまう。

茫然とその背を見つめるしかない卯佐美の背後で、真っ赤に色づく太陽が、地平線に沈んでいく。街並とビル群のシルエットが浮き上がる幻想的な光景も、もはや目に映らない。卯佐美の瞳は、勇毅の背を追うばかりだ。

震える唇に、そっと手をやる。指先で触れると、そこは濡《ぬ》れていて、気づいた途端に、ドクンッと心臓が鳴った。痛くて、胸を抱えて蹲る。

「勇毅……ユウちゃん……」

傍にいてほしい。抱きしめてほしい。

けれど、勇毅の人生の邪魔になっている自分に、そんなことを望む資格はない。

結局、一時間以上、卯佐美はこの場から動けないでいた。さすがに呆れて、勇毅は帰ってしまっただろう。いや、いっそ捨てておいてくれたらいいのだ。などと考えていたのに、芝生を踏む音がして、顔を上げると、心配顔の勇毅が立っていた。

「いつまでそうしてる気だ」

二の腕を摑まれ、ベンチから引き揚げられた。卯佐美が多少怯えても、勇毅は手を離さなかった。

強引に引きずって行かれて、助手席に放り込まれた。

《蔓薔薇の家》まで、ものの十分の距離。車内に沈黙が重くのしかかる。

卯佐美は、勇毅に捕まれた腕を抱えて、身を縮こまらせていた。勇毅は何も言わず、安全運転に徹していた。

フロントガラスを睨みながら勇毅が考えていたことなど、卯佐美に想像がつくはずもなかった。

勇毅は、とうに桧室と取り引きを済ませたあとだった。

宇條の指摘どおり、勇毅には卯佐美を解放する気などさらさらなかった。《蔓薔薇の家》から、ではない。自分の庇護下《檻》から、という意味だ。


後任が見つからないために、《蔓薔薇の家》の支配人は、しばらく宇條が兼任することに決まったと連絡が入ったのは、卯佐美が勇毅と決裂した三日後のことだった。

思いがけず早い段階でキャストデビューができると知らされて、卯佐美は今さら怖くなったものの、それを口に出すことはできなかった。

勇毅に肩代わりさせてしまった負債さえ清算できれば、あとはどうでもいいのだ。

目を閉じて、五感をシャットアウトして、嵐《あらし》が過ぎ去るのを待てばいい。勇毅のためだと思えば、きっと我慢できる。

そんな悲壮な気持ちで、卯佐美は自分のために新たな客室を用意した。そこしか空いていなかったのもあって、オーナーの客室の次に広いスイートルームだ。

自分などにはもったいないと思ったが、そのほうが客からは高い代金を取れるから、客が同意しさえすれば問題ない。

専属契約の客とは、宇條が連絡をつけてくれることになっている。

これまでは卯佐美がしていた仕事だが、支配人の役目だから、そうなる。ただでさえ多忙な宇條の仕事を増やしてしまったことを、申し訳なく思った。

宇條に、自分の負債が勇毅に肩代わりされている旨を伝えると、たぶん先代と勇毅との間になんらかの取り引きがなされていたのだろうと、桧室の見解を代弁した。納得がいかないのなら、卯佐美の好きにすればいいとも言われた。

だが、あのデータをわざと自分に見せたのではないか？　とは、結局問うことができなかった。宇條に……いや、桧室にどんな心づもりがあったとしても、自分にできることは、もはやひとつしかない。

卯佐美を買いたいと申し出た客の来訪日が決まった。

客についての情報は、当日まで教えられないと言われた。万が一にも情報漏れが起きては困る立場にある相手だと説明された。

そんな大物が、自分を買ってくれるというのか。だったら、思ったより早く、負債を清算できるかもしれない。

安堵と不安と恐怖が入り混じった気持ちで、卯佐美はその日を待った。

顔を合わせるたび、アサギが何か言いたそうな顔をしたものの、卯佐美はあえて目を合わせないようにした。客とキャストの結びつきではあっても、愛し愛される関係にあるアサギと、冷静に言葉を交わせる自信がなかったのだ。醜く羨んでしまいそうで、嫌だった。

そして今日。

とうとうその日がやってきた。

特別、着飾ることはしなかった。支配人として接客に出ていたときとは、少し違うデザインのスーツに袖《そで》を通しただけだ。

昨年の卯佐美の誕生日に、勇毅が贈ってくれたものだった。これを着ていると勇毅が守ってくれるような、そんな気がしたのだ。思うだけなら自由のはずだと、胸中で言い訳する自分が滑稽《こっけい》だった。

結局、勇毅に縋っている。

与えられた部屋で、客を待った。

約束の時間きっかりに、部屋のドアがノックされた。

反射的にビクリと跳ねた肩を宥《なだ》めすかし、卯佐美は部屋のドアを開ける。

「はじめまし…て……」

深く腰を折ろうとして、客の顔を目に映し、あいさつもままならないまま固まった。

「どうし…て……？」

そこに立っていたのは勇毅だった。

いつも、仕事に行くときに着ている派手めのスーツとは毛色の違う、常日頃《つねひごろ》桧室が身につけているような、ビジネスの場にも対応しうる上質なスーツ姿だった。

卯佐美の痩身を部屋に押し戻すようにして、ドアを後ろ手に閉める。ガチャリ、と鍵《かぎ》がかけられた。

「鍵は……」

かけないルールになっている。

だが、それ以上言える空気ではなかった。

「俺はもう負債を清算しおえた。つまりはＯＢだ」

勇毅が何を言っているのか、卯佐美は懸命に理解しようとした。

「……勇毅？」

まさか？　と卯佐美の思考をありえない可能性が過る。

卯佐美の負債が卯佐美自身の借金として戻された結果、勇毅の負債はゼロになった。借金を清算して《蔓薔薇の家》から解放されOBとなった葉山勇毅には、《蔓薔薇の家》の客となる資格がある。

「うそ……」

じり……と、無意識にも踵《かかと》があとずさった。

絶望的な気持ちで高い位置にある勇毅の整った顔を見上げる。幼いころから見慣れた顔のはずなのに、まるで違って見えた。

逃げ場所などあるはずがないのに、反射的に部屋の奥に逃げた。

大股に追いかけてきた勇毅に、二の腕を掴まれ、拘束される。

「なんで……っ」

暴れても、卯佐美の力ごときでは、勇毅の腕は振り払えない。

「宇條さん……！　どうして……っ」

館内にいるはずの宇條を呼んでも、声は届かない。いや、卯佐美の必死の声が聞こえても、助けにはこないだろう。勇毅が、そのように根回ししているはずだ。

「こんなの、ずるいっ！」

嫌だ！　ともがく。

「契約破棄は許されない。今日からおまえは俺の専属だ」

そう望んだのは卯佐美のはずだと言われる。

「違……っ」

勇毅に支払わせたのでは意味がない。また勇毅に負担をかけることになる。

だが、今ここで勇毅に抱かれたら、この身体の価値が下がる。専属契約の客を見つけにくくなる。ただでさえ自分は、アサギやユウキとは違うのだ。

「放……せっ、ほかの客じゃ…なきゃ……っ」

勇毅ではダメなのだ。せっかく勇毅が《蔓薔薇の家》から解放されたのに、また縛りつけることになる。

「ほか？　ほかのやつとできるのか？　こんなことが？」

ベッドルームに引きずり込まれ、力任せにベッドに放られて、上体を起そうとする間に両手首を顔の横でシーツに縫い付けられた。

上から見据えられて、卯佐美の薄い肩が震える。怯えたのではない。ドクリと跳ねた心臓が、肌を震わせたのだ。

けれど勇毅の目には、怯えたように映ったのか。押さえつける力が強まる。

「なにをされるのか、本当はわかってないだろ」

落とされる揶揄に、反発心が頭を擡《もた》げる。

「それくらい……っ」

卯佐美だとて、もう長く《蔓薔薇の家》の支配人を務めてきたのだ。それくらいの知識はある。ただ、誰とも触れ合えないだけだ。

「それくらい？　その程度のことだと思ってるのか？」

勇毅の手が、卯佐美の襟元に伸びた。

見据える瞳も、乱暴な手も、いつもの勇毅とはまるで違う。それが卯佐美の恐怖を増長させるのに、でも触れる肌から感じる熱はいつもの勇毅のものだ。手首に感じる勇毅の指の感触も、馴染んだものに思えた。

「……っ」

乱暴にネクタイを引き抜かれ、ワイシャツの前をはだけられる。恐怖に竦み上った卯佐美は、ぐっと奥歯を噛みしめた。

「震えてる……」

勇毅の大きな手が、卯佐美の頬を撫でる。

首筋を伝い落ち、はだけられた胸元へと落ちる。

「わかってるのか？」

勇毅が、卯佐美のスーツのジャケットの襟をなぞりながら呟く。

「……？」

いぶかる顔を上げると、抑えきれない怒りを孕《はら》んだ声が落とされた。

「俺が贈ったスーツだ。これを着て、どこの誰とも知れない男に抱かれるつもりだったのか？」

「勇…毅？」

昨年の誕生日に、勇毅が贈ってくれたスーツ。これを着ていたら、勇毅が守ってくれるような、そんな気がして選んだ。けれど勇毅の目には、違う意図に映ったらしい。

「いつも茶飲み話に来るあの客か……あのオッサンがそんなに気に入ってたのか？」

卯佐美に、キャストになる気はないのかと打診してきた紳士のことだと察した。卯佐美自身、宇條がセッティングした客は、あの紳士か紳士の甥か、どちらかだろうと踏んでいた。だから、当日まで名を伏せたいと言われて戸惑う気持ちがあった。よもや、こんな事態が待ち受けていようとは思いもしなかった。

だからといって、積極的にあの紳士のものになりたいなどと、思ったことはない。

勇毅以外の誰に触れられても、結果は同じだ。ただ五感をシャットアウトして、耐えるしかできることはないだろう。

「な…に、を……」

どうしてそんなふうに責められるのか、わからないままに卯佐美は愕然と勇毅を見上げる。

「残念だったな、あいつじゃなくて」

卯佐美を買ったのは自分だと、勇毅が乱暴に自身の襟元を乱す。その仕草が妙に艶《なま》めいてみえて、またドクリと卯佐美の心臓が鳴った。

震える身体はもう、押さえつける手から解放されても、動けない。ただ、身を縮こまらせて、勇毅を見上げるばかりだ。

「嫌だろ？」

空気に曝《さら》された白い肌に、勇毅の大きな手が這《は》う。肌が粟立って、卯佐美は身じろいだ。

言いながら、勇毅は卯佐美の肌から着衣を剝《は》ぎにかかる。

「やめ……っ」

手荒に扱われ、身体が逃げるのは、本能的な反応だ。その卯佐美を追い詰めるように、勇毅は白い肌を暴いていく。

「嫌なら嫌だとはっきり言うんだ」

「……っ」

どうしてか切羽詰って聞こえる恫喝《どうかつ》に、懸命に頭を振った。「くそっ」と頭上から毒づく声が落とされる。

「怖くないのか!? 俺は、おまえを犯そうとしてるんだぞ!」

どうして嫌だと言わないのか!? と、勇毅の拳がシーツを打った。

身を縮こまらせ、ぎゅっと瞼を閉じていた卯佐美は、そっと瞼を上げて、納得しかねる顔で奥歯を嚙む勇毅を見上げる。そして、ふるっと頭を振った。

「こわく……な、い」

勇毅は、怖くない。

別の意味で怖いけれど、勇毅のことは怖くない。

怖いのは、自分の反応だ。キスされたときのように、未知の熱にこの肌が震える、あの感覚は怖い。

みっともない姿を曝してしまいそうで怖い。

これ以上、勇毅に迷惑はかけられないというのに……。

「なんでだ……」

低い声が搾りだされる。

「ゆう、き……?」

どうして勇毅がそんなにつらそうなのかと、卯佐美は長い睫毛を瞬いた。

「どうしてそこまでして……」

耐えるのか？　と吐き捨てる。

嫌なはずなのに、つらいはずなのに、どうして我慢してまで、意地を張ろうとするのか、と……。

そして、何かを振り切るように、卯佐美の上から退いた。ベッドの端に腰掛けて、前髪をくしゃりと混ぜる。そして、長嘆。

「そんなに迷惑だったのか。俺のしたことは……」

これだけは言いたくなったという声が、苦い問いを紡いだ。

卯佐美のためを思って、卯佐美の負債を被ったのに、それがそんなに嫌だったのか、そんなに心の負担だったのか、そんなに余計なお世話だったのか、と肩を落とす。

「勇毅？　違……っ」

慌てた卯佐美が跳ね起きて、背に伸ばした手は、強い拒絶にあって止まった。

「違わないだろ！」

怒鳴られて、ビクリと肩が跳ねる。だが、いつもなら呑み込む言葉を、このとき卯佐美は呑み込まなかった。それだけは違うと、訴えたかった。

「違う！」

そうではないと首を振る。

「迷惑じゃない！　そんなこと……っ、迷惑をかけたのは僕のほうなのに……っ」

卯佐美のらしくない必死な口調に、勇毅が驚いた顔を向ける。

「違う……怖くない……嫌じゃない……迷惑なんて、思うはず…な……っ」

震える唇で、必死に言葉を紡いだ。

呼吸を整えて、どうにか言葉をまとめる。自分が傷つくのはいい。でも、誤解を与えて、勇毅を傷つけたいわけではないのだ。

「これ以上、負担になりたくなくて……」

それだけのことなのだと、訴える。

これまでずっと勇毅に守られていたのだと思ったら申し訳なくて、だから勇毅に肩代わりさせてしまったぶんを、せめて自力で清算したいと考えたのだ、と……。

「僕がいなければ、勇毅はとうに《蔓薔薇の家》を出ていけたのに。自由に生きられたのに」

なのに、それを自分が邪魔してしまった。

桧室や宇條が目をかけるほどに、勇毅にならありとあらゆる開けた未来があったはずなのに、自分がいたせいで今まで《蔓薔薇の家》に繋ぎ止めてしまったのだとしたら、無駄にしてしまった勇毅の時間を、自分はどうやって償ったらいいのか。

「おまえを置いて出ていく気なんて——」

無駄などではないと、勇毅が卯佐美の訴えを遮る。卯佐美は「違う！」と必死に頭を振った。

「なんにも知らなかった！　知らないで、勝手なヤキモチ妬《や》いて……っ」

勇毅の瞳が、ゆるり……と見開かれる。

それに気づけないまま、卯佐美はこれまでずっと言えないでいた心情を勢いのままに吐露した。

「僕のためだったのに……迷惑かけてたのに……仕事に送り出すのがつらいなんて……そんなこと思う資格なかったのに……」

なのに、華やかに着飾って出かけていくユウキを見送るのがつらかった。

女性客をエスコートするユウキを想像するだけで苦痛だった。パーティの会場で、女性に囲まれるユウキを目にして、あの輪に入れない自分を惨めに感じた。ユウキの隣に並んで自信満々な女性たちの姿に気後れして、隣に並べない自分に落胆した。

「ナオ……」

勇毅が唖然《あぜん》と呟く。

「ごめんなさい……ごめんなさい……」

自分が足枷《あしかせ》になっていなければ、勇毅はとうに表の世界で成功できていただろうに。そんな迷惑をかけていたことに気づかず、のうのうと、ぬるま湯のなかにいた自分。

すべては、勇毅の犠牲の上に成り立っていた日常だったのに。それに不満を感じるなんて、図々しいにもほどがある。

「おまえを置いていくなんて、考えたこともない」

深いため息をついて、勇毅は重い言葉を吐き出した。

「俺はただ、おまえを誰にも触れさせたくなかっただけだ」

たとえ卯佐美が心の病を抱えていなかったとしても、絶対にキャストになどさせなかったという。

「先代に頼まれたから……」

だから義務感に囚われてしまったのだろうと卯佐美が申し訳ない気持ちで呟くと、今度は勇毅が
「違う」と強い口調でそれを否定した。

「じゃあ……」

「死んだ弟の代わりでもないぞ」

「……」

卯佐美の言葉の先を察して、勇毅がウンザリ気味に言う。卯佐美が瞳を瞬くと、さらにウンザリ気味に言葉を継いだ。

「おまえも、インプリンティングだなんて、言うなよ」

「……？　インプリンティング？」

雛鳥の？　と、意味を問うものの、勇毅は答えない。

でも、言いえて妙だ……と卯佐美は思った。

「そうかも、しれない」

呟くと、勇毅が面白くなさそうに眉根を寄せる。

「言うな、って言ったばかりだぞ」

「……ごめんなさい」

思わず謝っていた。微妙な空気がふたりの間に流れる。先ほどまでの激情が唐突に収まって、間が持てなくなる。

どうすることもできず勇毅の背中を見つめていた卯佐美は、乱されたシャツを掻きあわせて、所在無く身じろぐ。とりあえず着衣を整えようと背を向けた。

その背に、勇毅の腕が伸ばされる。

背中から抱き込む恰好で、卯佐美の痩身を抱きしめる。

「……っ！　あ…の……」

シャツの合わせを握っていた手に大きな手が重ねられて、肌を隠そうとするのを阻む。すぐ間近に、勇毅の整った顔があった。

「勇…毅？」

勇毅の手が、さりげなく卯佐美の肌を探る。そのくすぐったさに身を捩《よじ》っても、勇毅の拘束はゆるまない。

「どうして俺がおまえを誰にも触らせたくなかったのか、訊かないのか？」

「……え？」

じっと見つめられて、またもドクンッと心臓が跳ねた。見慣れた勇毅の顔が違って見える。いつものやさしい勇毅ともさきほど憤りを露わにしていた勇毅とも、また違う。

「俺が仕事に行くの、嫌だったのか？」

耳朶に甘い声が囁く。さきほど自分が何を叫んだのか、思い出したら顔が熱くなった。

「このあいだのキス、嫌じゃなかった？」

震えていたから、すっかり嫌がられているのだと思っていた、と勇毅の手が卯佐美の頤を捕える。

「あれ…は……」

勇毅の顔を見返せなくて、視線が泳ぐ。

「嫌じゃ、なかった？」

今一度、確認される。低く甘い声が、耳朶を擽《くすぐ》る。

「嫌なんて……」

勇毅にされて嫌なことなど、なにもない。

「高校のとき、拒絶されたから、俺でもダメなんだと思ってた」

卯佐美に触れられるのは自分だけだと思っていたけれど、でも拒絶されて、一線を越えるのは無理なのだと思っていたという。

「……え？」

いつの話？　と卯佐美が問い返すと、「覚えてないのか」と、呆れたような怒ったような、気まずそうな顔で返された。

「高一の夏。ジイサンの宮古島《みやこじま》の別荘で」

勉強をしていたはずが、いつの間にか転寝《うたたね》をしていた。南国でのバカンス気分もあって、ふたりとも薄着だった。はだけたTシャツから覗く腰のラインと、短パンから伸びる白い足に、十代の勇毅が欲情してもいたしかたないことだ。

卯佐美に触れられるのは自分だけ。だから卯佐美は自分を受け入れてくれるはず。そんな思い込みもあった。

衝動のままに、眠っている卯佐美に口づけようとして……唐突に目を覚ました卯佐美が、大きな目を見開いた。

薄い肩が震えるのを間近に感じた。驚きに見開かれた瞳の奥に恐怖を見取った。粟立った白い肌は、自分を拒絶しているとしか思えなかった。

十年も昔の苦い記憶を、勇毅は冗談口調で話す。話を聞くうちに、卯佐美も徐々にそのときのことを思い出した。

「違う」

今も昔も、自分たちは似たような誤解を繰り返していたのかと、卯佐美は苦い思いに駆られる以上に呆れた。

「拒絶なんて……ちょっと驚いただけで……」

覚えている。目を覚ましたら、目の前に勇毅の顔があって、驚いたのだ。

Tシャツの裾《すそ》をたくしあげるように、勇毅の手が卯佐美の肌をまさぐっていた。その意図くらい、中高校生にもなればわかる。

でも、勇毅は、すぐに身を引いてしまった。その後も、何もなかった。

しかも、成人したらキャストとして働くと言い出して、自分ではそういう対象にならないのだと卯佐美は思い込んだ。

過剰反応になりがちなのはしょうがない。幼少時のトラウマによって、人と接することができないまま大人になってしまった。

嫌じゃなくても驚くし、怯えているように見えてしまうかもしれない。でも嫌じゃない。相手が勇毅なら、嫌悪感など湧《わ》きようもない。

勇毅が、深い深いため息を零《こぼ》す。そして、背中から抱きしめる卯佐美の肩口に、ぐったりと額を落としてくる。勇毅の髪がうなじを撫でるのが擽ったい。

「勇毅？」

どうしたのかと問う卯佐美に、勇毅は「自分のバカさ加減に呆れてるだけだ」とくぐもった声で吐き捨てた。

「好きだ」

耳元に、短い告白が落とされる。

「……え？」

長い睫毛を瞬いて、鼓膜が拾った短い単語の意味を理解しようと努める。念押しするように、勇毅は繰り返した。

「好きだ」

卯佐美を抱く腕に、ぎゅっと力がこもる。

「ずっとおまえだけ見てきた。俺のすべてが、おまえのためだけに存在している」

顔を上げた勇毅が、耳朶に直接甘い言葉を囁く。

「勇…毅？」

信じがたい気持ちで、卯佐美は勇毅の顔を見やる。綺麗な顔が今日はますます艶めいて見えた。だがそれは勇毅にとっても同じこと。勇毅の大きな手が、卯佐美の頬を撫でる。

「ヤキモチを妬く必要なんかない。全部おまえのものだ」

この手もこの声も、勇毅のなにもかもが卯佐美のものだと言う。

心地好《よ》さに誘われて、卯佐美は勇毅の広い胸に背中をあずける。頬を撫でる手に、自身の手を重ねた。

「おまえさえ幸せなら、世界中の誰が不幸になってもいいと思っている。俺はそういうサイテーな男だ」

それほどに、卯佐美に執着している。

そのために、今回の件も画策した。

「おまえを誰にも触れさせないために仕組んだことだ。おまえのためじゃない。俺がそうしたかっただけだ」

卯佐美を守るためなどと大義名分を掲げつつ、その実、自分のためでしかなかった。自分が嫌だったのだ。たとえ本心から卯佐美が望んだことであったとしても、絶対に阻止したに違いない。

「いまさら、ほかの男に買われてたまるか」

卯佐美がキャストとして売り出されるなど、冗談ではないと言う。

「僕にそんな価値は……」

アサギのように美しいわけでも、琉璃のように可愛らしいわけでもない。だからこれまで、自分を買いたいなどという酔狂な客は、ごくわずかだった。

「おまえは自分をわかってない。どんなに美しいか……」

「うそ」

即答する卯佐美に、勇毅が愉快そうに笑う。

「嘘だと思うなら、それでいい。そうやっておまえの世界を狭めたのも俺だ」

卯佐美がそう思い込んでいるのも、自分がそう仕向けたためだという。意味がわからず、卯佐美は首を傾げた。

「勇毅……？」

それはいったい……と、戸惑いに瞳を瞬く。

「わからないなら、わからないままでいい」

耳元に落とされる揶揄を孕んだ笑い。

「勇……っ」

背中からシーツに引き倒され、大きな身体にのしかかられる。視界が陰った……と思った次の瞬間、唇に熱が触れていた。

「……んっ」

軽く触れただけで一旦《いったん》離れたそれは、啄すように卯佐美の唇を数度啄んだあと、深く合わされる。

「う……んっ、……んんっ！」

このまえのキスとは違う。情動を隠そうともしない口づけだ。

応え方もわからぬまま口腔《こうこう》内を犯されて、思考が滞りはじめる。衣擦《きぬず》れの音が、やけに大きく鼓膜に届いた。

息苦しさに喘いで、のしかかる肩にぎゅっと縋る。

ようやく解かれた口づけは、すぐにまた、頬に瞼に落とされて、卯佐美は全身を襲う震えに痩身をくねらせた。

浅い呼吸を繰り返す卯佐美の頬を撫で、髪を梳いて、落ち着かせる一方で、勇毅は甘ったるい声で恐ろしいことを言う。

「おまえが怯えて泣いても、俺のものにする」

嫌じゃないのなら、この先は怖いと泣いても途中でやめないと宣言される。卯佐美は陶然と勇毅を見上げた。

「ユウ…くん……」

支配人を務めるようになってからは、意識的にユウキと源氏名で呼ぶようにしていた。ふたりきりのときでも、きちんと名を呼ぶように気をつけていた。

けれど、ふとした瞬間に零れそうになる、幼い日からの呼び方。

「ナオ……」

勇毅も、支配人であろうとする卯佐美に合わせてか、ふたりきりのとき以外は支配人と呼ぶことが多くなっていたが、本心では幼い日と同じように呼びたいと思っていた。

卯佐美も、支配人と呼ぶようにと言いながらもその実、昔と同じ呼び名で呼ばれるのが、本当は嬉しかったのだ。

「綺麗だ……」

上からまじまじと観察されて、卯佐美は羞恥に身を捩る。

「いや…だ……」

見ないでほしいと、腕で顔をかくそうとすると、その手を捕らえて制された。

植えつけられた劣等感が拭えず、アサギやユウキとは違うと本心で思っている卯佐美にとって、見られることが一番の羞恥だった。

「俺だけだ。こんなふうにおまえを見ていいのは」

羞恥に泣いても許さないと言ったはずだと無情な言葉。その声が情欲に彩られていることに気づいて、卯佐美はさらなる羞恥に襲われた。

勇毅の手が、卯佐美の着衣にかかる。さきほどはだけられたワイシャツをジャケットごと肩から落とされ、抵抗する術もないままに、一枚また一枚と剝《む》かれていくのを見ているよりほかない。

「あ……ぁ……」

震える手で溢れそうになる声を抑えて、白い肌を羞恥に染める。

薄い下着一枚の姿でシーツに横たえられて、最後に残った一枚さえも、白い足から抜かれた。卯佐美には、勇毅に言われるまま、それに協力することしかできなかった。

「いい子だ」

羞恥に泣き濡れる卯佐美の頰にキスを落として、勇毅が身体を起こす。そして、少々荒っぽくネクタイを引き抜いた。脱いだジャケットをベッドの下に放り捨て、ワイシャツの前をはだける。

一連の動作を、卯佐美は陶然と潤んだ瞳で見つめる。

こんなふうに、勇毅を見ることを許されると思っていなかったから、それだけで卯佐美の許容量はいっぱいいっぱいだった。

幼いときからずっと傍にあって、近すぎて、だからあるときから直視できなくなった。大人への成長過程で、己のうちにひそむ感情に気づいてしまったときから……。

白い肢体を曝して震える卯佐美をぞんぶんに視姦《しかん》して、勇毅が上体をかがめてくる。淡いキスが顔じゅうにふって、それが徐々に首筋から鎖骨、薄い胸へと落ちていく。

なぞるような愛撫《あいぶ》を落とす指が胸の突起を捏《こ》ね、しっとりと汗の浮いた肌の滑らかさを堪能《たんのう》する。

そのあとを追うように、啄むキスが全身に落とされる。

「や……ぁっ」

濡れた声が喉を震わせて、その甘ったるさに自分で驚いた。

本能的に逃げを打つ痩身を抑え込む腕の力強さにも、羞恥と歓喜を覚える。縋るものを求めて、勇毅の広い背に手を伸ばした。

触れる素肌の感触と温かさ。本来、安堵をもたらしてくれるはずのそれらは、今夜に限っては卯佐美を追い詰めるものでしかない。

幼いころから、卯佐美を守ってくれた腕も、安心させてくれた体温も、今は欲情と羞恥の源となって、卯佐美を襲う。

泣いても怯えてもやめないと公言したとおり、勇毅は震える卯佐美を組み敷く腕の力を弱めることはない。それどころか、より強く拘束して、愛撫を深めてくる。

卯佐美の細腰を撫で、薄い胸から平らな腹部に愛撫を落とし、臍を舐《な》める。跳ねる腰を抑え込んで白い太腿《ふともも》を割り開き、やわらかな皮膚の感触を楽しむかのように掌を這わせる。

勇毅の視界に曝された腰の中心で、卯佐美の淡い色の欲望が、頭を擡げ蜜《みつ》を滴らせている。ひとと触れ合うことを知らないまま大人になった肉体は、無垢《むく》ゆえに敏感だった。

与えられる喜悦を受け止めるだけで精いっぱいの卯佐美に、勇毅は未知の快楽を教え、肉体を拓《ひら》かせようとする。

「子どものころ、教えただろ？」

耳朶に囁いて、卯佐美の白い手を欲望へと導いた。情欲に染まる頬が、カッと焼きつく。しとどに蜜を零す欲望を握らされ、勇毅の視界のなか、自慰を強いられた。

「い……や、だ……っ」

恥ずかしい……と頭を振ると、勇毅の手が上から重ねられて、敏感になった欲望を扱《しご》く。先端を親指の腹に抉《えぐ》られて、「ひ……っ」と悲鳴が溢れた。同時に、白濁が弾《はじ》ける。

「や……ぁっ、あ……っ」

掠れた喘ぎを上げて、痩身が震える。放埓《ほうらつ》の余韻に震える場所を、今度は勇毅の手に直接握られた。

「あ……んんっ！」

絶え間ない快楽を与えながら、勇毅の手が膝にかかる。白い太腿を開かれ、吐き出した情欲に濡れる場所を、勇毅の視界に曝された。

膝の内側に落とされた愛撫が、内腿のやわらかな皮膚を啄み、局部へとたどり着く。

「や……う、そ……」

濡れそぼつ欲望が、勇毅の口腔に捕られた。いきなり強く舌を絡められて、嬌声《きょうせい》が迸《ほとばし》る。

「ひ……っ、あ……ぁっ！　あ……んっ！」

はじめて知る口淫《こういん》は、卯佐美の思考を沸騰させ、羞恥と理性を恍惚《こうこつ》の彼方《かなた》へと追いやる。絡みつく熱い舌の感触。きつく吸われて、さきほど放ったばかりだというのに、卯佐美の欲望はまたも熱をたたえ、蜜を零している。

卯佐美自身を舌であやしながら、勇毅は指での愛撫を後孔《こうこう》へと伸ばす。

前から滴った蜜液に濡れる場所を探られて、ゾクリ……とした悪寒が背を突き抜けた。戦慄《わなな》くそこに、つぷり……と指先が沈む。

「い…や、痛……っ」

本能的な恐怖が、拒絶の言葉を紡ぐ。だが当然、勇毅は聞き入れない。

膝が胸につくほどに太腿を押し広げられ、腰がシーツから浮いた。露わにされた双丘の間に、濡れた感触。

「……え？」

なにを……と、思わず目を瞠ったら、口腔を舐《ねぶ》られ、浅ましく欲望を屹立《きつりつ》させた己の肉体が視界に映って、あまりのことに悲鳴を上げそうになった。

「あ……ぁ……っ」

ボロボロと涙が溢れる。怖くて恥ずかしくて、なのに気持ち好くて。

舌先に浅い場所を舐られ、後孔の奥が疼《うず》く。その場所を指に探られ、容赦なく押し上げられる。

「ひ……ぁっ、あぁっ！」

感じる場所を刺激された途端、内壁が潤んだ。硬く指一本をも拒んでいたその場所が、淫《みだ》らに蠢《うごめ》いて、犯す指を奥へと誘いはじめる。

「あ……ぁっ、い…や、そこ……っ」

弄らないで……と懇願するも、聞き入れられるわけがない。

「ここがいいのか？」

いやらしく尋ねられても、ただ頭を振ることしかできない。はじめて知る快楽は嵐のように卯佐美を翻弄《ほんろう》して、思考を滞らせる。

「わか……な……」

刺激が強すぎて、痛いのか気持ちいいのかもはっきりしなくなる。

指が増やされたことも、内部を抉る動きに肉体が反応していることも、わからないまま、薄い胸を喘がせ、啜《すす》り泣いた。

「ユウ…く、……も、やめ……」

身体の奥から沸き起こる情動に翻弄されて、痩身をくねらせる。膝を割られた恰好でのその反応は、ただただ淫らでしかない。無自覚の誘惑に目を眇め、勇毅は責めるように内壁を強く擦り上げた。

「ひ……っ！　あ……ぁっ！」

淡い色の欲望の先端から蜜が滴る。

蕩《とろ》けた内壁が、もっと強く弄ってと言わんばかりに勇毅の指を切なく締めつける。

立てつづけの射精に体力を消耗させられて、卯佐美は痩身をシーツに沈ませる。くったりと投げ出された白い肢体を組み敷いて、勇毅の腰が卯佐美の膝を割った。

間に大きな熱の塊が押しつけられるのを感じて、ハッと顔を上げる。

「あ……」

今にも卯佐美を犯そうとする、オスの顔をした勇毅と目が合った。瞳に熱い情欲を滾《たぎ》らせ、力強い欲望で卯佐美を暴こうと狙っている。

カァア……ッと思考が焼きついた。

先の愛撫で蕩けきった後孔に擦《こす》りつけられる勇毅の欲望。熱く滾ったそれは、蕩けた入り口を数度擦り上げたあと、じわじわと侵入をはじめる。

「あ……ぁ……っ」

恥ずかしいのに、あまりのことに目が離せなくなって、卯佐美は勇毅の欲望が己の内に沈んでいくさまを、ただ茫然と見つめた。

最後に、グンッと突き上げられて、「ひ……っ」と悲鳴が迸る。

「痛……っ、あ……んんっ」

衝撃に耐えようと、勇毅の首にひしっと縋った。震える痩身をぎゅっと抱き返してくれる腕の力強さ。痛みを忘れさせる口づけ。

卯佐美の肉体が馴染むのを待って、勇毅が腰を揺する。

「あぁ……っ！」

痛みとも衝撃ともつかないものが背筋を駆けのぼる。広い背に爪《つめ》を立てて、卯佐美はそれに耐えた。

「ダ…メ、動か、な…で……」

泣きながら懇願する。

勇毅は、「なかが疼くのか？」と耳朶に満足げな揶揄を落としてくる。

「奥……へん……」

だから動かないで……とお願いしたのに、勇毅は聞き入れてくれなかった。

ズンッ！　と、最奥《さいおう》を突かれて、「ひ……っ！」と悲鳴が迸る。だがそれも最初だけ。感じる場所を的確に突かれて、卯佐美は甘い嬌声を上げた。

「は……ぁっ、あぁ……んんっ！」

突き上げる動きが、徐々に徐々に早く激しくなっていく。うねる腰を突かれ、揺さぶられて、卯佐美は白い喉を仰《の》け反《ぞ》らせた。

己が発するものとはにわかには信じがたい、甘ったるい嬌声が上がる。

「あ……ぁんっ！　あぁっ！　は……っ！」

繋がった場所から上がる粘着質ないやらしい音と、肌と肌がぶつかる音。それらが徐々に大きく激しくなって、視界がガクガクと揺れる。

「ユウ…く、……勇毅っ」

助けて……っと、広い背に縋って啼《な》いた。

押し寄せる快楽の波をそうと理解できなくて、自分がどうなってしまったのかわからないまま、淫らに啼き、懇願し、与えられる情欲を甘受する。

「ナオ……っ」

勇毅が、一層強く最奥を穿《うが》った。

瞼の裏で、何かが弾ける。抑えがたい激しい声が喉を震わせて、痩身がガクガクと震える。

「ひ……ぁっ！　あぁ――……っ！」

勇毅の背に爪痕《つめあと》を刻んで、卯佐美ははじめての頂を見た。

情欲に染まった肉体が痙攣《けいれん》をおこしたかに跳ねる。勇毅自身を締めつける内壁の蠢きは、とてもはじめてとは思えない淫らさで、勇毅自身に絡みつく。

「……っ」

絞り上げる動きに唆されるまま、勇毅も卯佐美の最奥に白濁を放った。

「……っ！　あ……ぁ……っ」

最奥で弾けた熱い飛沫《ひまつ》が、じわじわと細胞を浸食していく感覚。身体のすべてが、細胞レベルで勇毅のものへと変化しているように感じられた。

「勇毅……、……んっ」

しっとりと咬み合う口づけ。

口づけに興じる間に、また欲望が熱をたたえはじめて、卯佐美は甘く喉を鳴らした。

「ダ……メ、また……」

自分の肉体が酷く浅ましい気がして、勇毅の肩をゆるく握った拳で叩く。ろくに力など入らないそれは、当人にそのつもりがなかったとしても、もっとねだる仕種でしかない。

「ダメ？　ナオはうそつきだな」

勇毅が、愉快そうに言う。

「ナオのここは、もっと欲しいと言ってる」

そう言って、繋がった場所をゆっくりと蠢かす。

「あ……んっ」

卯佐美の肉体が昂《たかぶ》っているのを確認して、勇毅はいったん繋がりを解き、ベッドヘッドに背をあずける恰好で上体を起こす。

卯佐美の痩身を腰に引き上げて、広い胸に囲い込んだ。

勇毅の腰をまたぐ恰好に持ち込まれ、下から熱い滾りが押しつけられる。勇毅の大きな手が腰骨を摑んで今度は一気に貫かれた。

「あぁ……っ！　あ……ぁんんっ！」

勇毅の首に縋って、下からの突き上げに合わせ、無意識にも腰を揺する。

「勇毅……ん、うっ」

視界いっぱいに勇毅の美しい顔を映して、絶頂へと追い上げられる。この幸福。

逞《たくま》しい腹筋に擦られて、卯佐美の欲望はまたもいやらしい蜜を滴らせている。

「あ……ぁっ、ひ……っ！」

曝された白い喉に、勇毅が食らいつく。「ひ……っ！」と悲鳴を上げて、卯佐美は情欲を迸らせた。

「ひ……ぁっ、……っ」

背が撓《しな》って、力の抜けた痩身が後ろへ倒れそうになるのを、勇毅の力強い腕が抱き留めてくれた。

白い喉に咬み跡を刻んで、勇毅自身も弾ける。

「ナオ……ナオ……っ」

甘い声が卯佐美を呼ぶ。

ずっとこうしたかったのだと、いまだ昂りが収まらない肉体が教えてくれる。

「ユウくん……っ」

貪《むさぼ》るように口づけて、それでもまだ収まらない熱を自覚する。

「どうしよう……こんな……」

抱き合っても抱き合っても足りないなんて、自分はどうかしてしまったのだろうか。涙ながらに訴えると、勇毅は苦笑して、卯佐美の首筋を高い鼻梁《びりょう》で擽った。

「俺もだ」

だから心配無用だと言う。

「おまえを、壊してしまいそうで怖い」

もっと乱暴にしてしまいそうで怖いと苦く笑う。卯佐美は「勇毅なら平気だ」と、首に縋った。

「いい……めちゃくちゃに、して、いい……からっ」

皆まで言う前に、ベッドに引き倒され、腹這いにされた。シーツに引き倒され、腰だけ高く突き出したような、淫らな恰好を強いられる。

ズンッ！　と衝撃が襲って、荒々しい熱が、一気に最奥まで埋め込まれる。

「ひ……んんっ！」

力の入らなくなっていた腕では上体を支えられず、卯佐美はシーツに突っ伏した。枕《まくら》に縋って、奔放な声を上げる。

激しく突かれ、荒々しく追い上げられる。

ひときわ深く穿たれて、最奥で情欲が弾けるのを感じた。

「あ……あんっ！　あぁっ！　──……っ！」

はたはた……と、前から滴った蜜液がシーツを汚した。無意識にも、欲望に手を伸ばし、淫らな自慰に耽《ふけ》っていた。後孔を勇毅に侵され、前には白い指を絡めて扱く。

「……っ！　は……っ、……っ」

結合を解かれ、溢れた白濁が白い内腿を伝う。

「……っ」

力を失った痩身が、シーツに沈む。

勇毅の手が伸ばされて、ふり乱れた髪を梳いてくれる。

朦朧《もうろう》とする意識下で、卯佐美は愛しい男を見上げた。重い腕を、縋ろうと伸ばす。

膝に引き上げられる恰好で、卯佐美は勇毅の体温に包まれた。ホッと安堵する。

額に落とされる淡いキス。瞳を上げると、今度は唇に。そして、「愛してる」と直接囁く甘い声。

「僕も、愛してる」

卯佐美は、懸命に言葉を紡いだ。掠れた声で、必死の眼差しで、これが自分の精いっぱいだと訴える。自分のすべて、勇毅のものだと訴える。

「だから、ずっと傍にいて。これからも、ずっと……」

ぎゅっと首に縋って、頼れる肩に涙をうずめる。勇毅は「あたりまえだ」と頷いた。

「おまえがもう嫌だと言っても、ダメだ。一生、おまえは俺の傍を離れられない」

恐ろしい脅しのはずの言葉だ。

だが卯佐美の胸中を満たしたのは、これ以上ない安堵と満足だった。

「嬉しい……」

ほうっと息をついて、勇毅の胸に体重をあずける。

卯佐美の髪を梳いていた勇毅が、卯佐美を抱いたまま腰を上げた。

「ユウくん？」

なにを……？　と目を瞠っている隙に、姫抱きでバスルームへ運ばれる。

たっぷりと湯が張られているのは、客へのサービスとして二十四時間自動給湯だからだ。身体の汚れをザッと洗い流したあと、勇毅は卯佐美を抱いたまま、広い湯船に身体を沈めた。

浮力で軽くなった身体が、ようやく疲れを訴える。

急に瞼が重くなって、卯佐美は湯の中、勇毅の胸に抱かれた恰好で、睡魔に身を任せた。

「ナオ？」

眠ったのか？　と耳朶に問う声の甘さを心地好く聞いたのを最後に、卯佐美の意識は途切れた。

生きる場所などどこでもいい。
互いの存在さえあれば生きていける。これからも、この先も。
狭い世界でもかまわない。
ふたりには、充分すぎる広さがある。

エピローグ

「なぜ私がこれ以上の仕事を抱え込まなくてはならないのです？」

あのあと、何事もなかったかのように支配人職に戻され、「なぜ？」と尋ねた卯佐美に対して、宇條が放ったのが先のセリフだった。

ただでさえ、四年後を見越して琉璃に桧室の秘書業を丸投げしたいと思っているのに、どうして《蔓薔薇の家》の支配人など兼務しなくてはならないのか、と。曰《いわ》く、なんのために卯佐美に経営を任せようとしていたと思っているのか、と……。ごもっともです、としか返しようがない。

結果的に卯佐美は、その後も《蔓薔薇の家》の支配人として、接客に立っている。

キャストと客の揉《も》め事をおさめ――問題を起こすのは主にアサギだが――キャスト同士の揉め事を収め――こちらも中心にいるのはたいがいアサギだ――慌ただしく過ぎる日々だ。

キャストと客のスケジュール管理のほかに、帳簿の管理も任されることになって、《蔓薔薇の家》に支配人として勤務する間、卯佐美は以前よりパソコンを睨んでいる時間が長くなった。

実のところ、接客にでるより事務仕事のほうが卯佐美にとっては楽なのだが、両方こなすとなるとなかなかしんどい。

四年後、桧室の秘書にとられてしまうまえに、琉璃を補佐に仕込む手もあるのではないか、なんて考えたりもする。経営を任せてくれるというのだから、そういう人事采配《さいはい》に関しても、支配人に決定権があってしかるべきだ。

なんて、考えるだけなら自由だろう。実際は、宇條に対峙するのなんて、百万年早いと言われて終わりそうだ。だが、そんな関係もなんだか楽しい。

「支配人、コーヒー入れたんですけど、ひと息入れませんか？」

支配人室のドアを開けてひょこっと顔を覗かせたのは琉璃だった。ふわり……とコーヒーのいい香りが届く。

「ありがとう」

琉璃が手にしたトレーにはカップが二客とポット、可愛らしい焼き菓子が数種類。「ご一緒してもいいですか？」と琉璃がテーブルにセッティングをはじめる。

「アサギのお菓子ですね」

マーブル模様のシフォンケーキにナッツぎっしりのフロランタン、蜂蜜《はちみつ》をたっぷりと染み込ませたフィナンシェ。バウムクーヘンは、果たして普通のキッチンでつくれるものなのか。

「なんだか、ここ数日、お菓子づくりばっかりしてて……キッチンに山になってるんです」

なんとかみんなの胃袋に収めないと、全部捨てることになってしまうと心配そうに眉尻《まゆじり》を下げる。

暇を持て余すとアサギがお菓子作りをはじめると知っている卯佐美は、カレンダーを確認して「ここ数日の我慢でしょう」と苦笑した。

「一カ月の欧州出張だそうですから、ご機嫌の悪さもそろそろピークでしょうね」

アサギの客が長期主張に出ているのだ。つまり、放っておかれたアサギが拗ねている、ということだ。

「いま、二週間目くらいでしたっけ」

なのにピークなのかと、琉璃が首を傾げる。

「このあとは、しょげて落ち込んで引きこもって、お客様がいらっしゃったときに鬱憤《うっぷん》が爆発するんです」

だからご機嫌斜めのピークは折り返し地点の今ぐらいになるのだとの卯佐美の説明に、琉璃は合点のいった顔で「なるほど」と頷いた。

「……ホントに、なんで身請け話、受けないんでしょう？」

卯佐美のカップにコーヒーを注いで出してくれながら、琉璃が「毎度のことなのに」と呟く。歳下《としした》の琉璃に心配されているようでは、アサギもそうとう重症だ。

「意地を張りすぎて、素直になるタイミングを逸したんでしょう。私たちが気を揉んでもしょうがありません」

きっと時間が解決してくれる。自分と勇毅がそうだったように。

「……」

琉璃に向かいからじっと見つめられていることに気づいて、卯佐美は顔を上げた。

「……？　どうしました？」

何か気にかかることでも？　と尋ねると、琉璃は「えっと……」と考えを巡らせる様子を見せ、そして口を開く。

「なんか、支配人、ちょっと変わりましたよね」

どこがどうと、明確に言えないのだけれど、と肩を竦める。

「そうですか？」

とくに変わったことは……と考えて、勇毅の顔が過ったけれど、それはこの場で出せない話だ。結果的にこのさきまだしばらく、卯佐美と勇毅も《蔓薔薇の家》に縛られることになってしまった。ようは桧室と宇條のほうが、一枚上手だった、ということだ。

「まえより綺麗になられて……まえからお綺麗でしたけど、僕、ちょっとドキドキしちゃいます」

琉璃は白い頬をうっすらと桃色に染めながら、そんなことを言う。そういう琉璃こそ、とても可愛らしい。桧室のもとに引き取られてから、艶も増して見える。愛されている証拠だ。

「変な子。そんなわけないでしょう」

琉璃のほうがずっと可愛いですよと、クスクスと笑って返す。琉璃はというと、大きな瞳をきょとり……と瞬いたあと視線を彷徨《さまよ》わせ、「そういう表情とか……」と、わけのわからぬ言葉をゴニョゴニョさせた。

「せめてケークサレかパンを焼いてくれれば食事の代わりになるのに……」

アサギ手製のスイーツを口に運びながら、卯佐美が言う。もちろん美味しいのだけれど、甘党のアサギがつくるスイーツ類はとにかく甘くて、たくさん食べられないのだ。

「それとなく言ってもらえますか？」

それ、実は僕も考えてました、と琉璃は声を潜めて身を乗り出す。ここには卯佐美とふたりだから声を潜める必要はないのだけれど、多分に気分の問題だろう。

「やってみましょう」

でも、期待しないでくださいね、と微笑む。琉璃はまた、柔らかそうな頬を薄桃色に染めた。本当に愛らしい。

そこへ、ドアをノックする音。卯佐美が応じる前に、ドアが開けられる。

「勇毅」

卯佐美の諌める声も右から左だ。

「俺にもコーヒーもらえるか？」

室内の様子を見て、勇毅が琉璃に言葉を向ける。琉璃は「はい」と頷いて、腰を上げた。キッチンから勇毅のぶんのカップを持ち出すためだ。

「お疲れさま」

入れ替わりに、琉璃が座っていた椅子に腰を落として長い脚を組む。襟元を乱して、テーブルの上の甘い菓子に手を伸ばした。

「アサギのか」

強い甘さに眉間に皺を刻んで、卯佐美のコーヒーカップに手を伸ばす。

「お行儀悪いですよ」

「今は仕事中じゃない」

得意客の依頼でパーティのエスコートに出ていたのだ。「ご満足いただけましたか？」と尋ねると、「もちろん」と返される。

ドアがノックされて、琉璃が勇毅のためのカップと、新しいポットを届けてくれた。さらにはサンドイッチも。

「このあとは、こちらのお仕事ですか？　コーヒー、こっちに置きますね」

大変ですね……と勇毅をねぎらって、以前はこの部屋になかった、もうひとつのデスクにコーヒーののったトレーを置いた。勇毅のためのデスクだ。

ジャケットを脱いで椅子の背に放り投げ、琉璃の気遣いのサンドイッチをありがたくいただく。そうして勇毅は、琉璃に意味深な笑みを向けた。

「おまえの旦那《だんな》は人使いが荒いよ。なんとかしてくれ」

「なんとか、って……」

勇毅の艶っぽい視線にあてられて、琉璃が首を竦めて視線を落とす。

「ベッドの中で、ちょっとねだれば――」

「勇毅」

琉璃を揶揄ってどうするのかと止めると、勇毅は「わかったよ」と肩を竦めた。

「旨いよ。サンキュー」

サンドイッチの礼を言って、卯佐美のカップから、またコーヒーを飲む。

「今日はもう、上がってください。そろそろお迎えの時間でしょう？」

今日はオーナーが迎えにくるのではないかと話を向けると、琉璃はぱっと明るい表情になって、頷いた。

「はい、お疲れさまでした」

ペコリと頭を下げて、いそいそと部屋を出ていく。

あの様子では、四年後に《蔓薔薇の家》に引き止めるのは難しそうだ。琉璃は当然、桧室の傍にいることを選ぶだろう。

「幸せそうでなによりだ」

サンドイッチの皿を手に、勇毅が自分のデスクに移る。パソコンを立ちあげて、ポットから入れたてのコーヒーをカップに注いだ。

「人遣いの荒さを除けば、優秀なオーナーだよ、……ったく」

キャストとしての仕事用に整えていた髪を手櫛で乱して、執務椅子に腰を落とす。

「取り引きしたつもりでまんまとはめられたのは勇毅なんだから、文句言わない」

卯佐美の件に関して、桧室と宇條とかわした契約が、問題だった。

勇毅は今、キャストとして仕事をつづける一方で、桧室から与えられた事業を、来期までに黒字転換させるという宿題を与えられている。つまりは二足の草鞋《わらじ》だ。

キャストとしての仕事は得意先のみに限定し、しかもエスコート系の内容のみに変更したため、以前ほど長時間の拘束はなくなったものの、ふたつの顔を使い分ける生活は決して楽ではない。

一方の卯佐美はというと、今回の件を大目に見るかわりに……と、早々に《蔓薔薇の家》の経営を任されることになって、先のとおり毎日数字とにらめっこ、というわけだ。

ふたりの負債は、結果的に消えていない。それどころか、増えてしまった。これもまた、宇條の策略だ。

卯佐美を連れて《蔓薔薇の家》を出るつもりでいた勇毅の策謀をくじくために、宇條が張った罠《わな》だった。当然、桧室も承知の上だ。

ようは、何もかもすべて、宇條の希望どおりの結末に落ち着いた、というわけだ。

《蔓薔薇の家》の経営を卯佐美に任せ、いずれは娼館機能を排除して、高度の教育機関を有する養護施設に変革する。勇毅には、桧室が有栖川家の遺産をひきついだがために増えてしまった事業の一部を任せ、ビジネスに専念したい宇條を桧室の秘書業から解放するために、四年先を見越して琉璃を教育する。

さらには、アサギとアサギの客にも、狙いを定めている気がするが、それはひとまず少し先の話になるだろう。

「とんだ狐《きつね》だ」

年の功の策謀に、かなうわけがない。

「さすがの采配だと思うよ。結局私には、できることは限られているから」

桧室も宇條も、ちゃんと自分たちのことを考えてくれている。桧室の気質は《蔓薔薇の家》をつくって、行き場を失くした子どもたちに手を差し伸べた先代の有栖川翁の血を引いていると、卯佐美は分析する。

「ここを出たら、誰にも見せないで、閉じ込めておくつもりだったのに」

腰を上げて、卯佐美の傍らに立った勇毅が、なにげに恐ろしいことを言う。卯佐美が顔を上げると、ニンマリと口角を上げげた。

「勇毅がずっと一緒にいてくれるなら、それでもかまわない」

ふたりきりの世界に、誰も入ることが叶わないのならそれもいいと返すと、勇毅は少し驚いた顔で目を瞠った。

「でも、勇毅だけが外に出ていくのなら嫌だ」

外の世界で勇毅はどうしているのだろうかと考えながら待つのは嫌だと訴える。

「かならず帰ってきても？」

「いやだ」

即答して、卯佐美は勇毅の胸元に手を伸ばした。ゆるめられたネクタイを引っ張る。

「はやく、キャストの仕事から解放されればいいのに」

以前は言えなかった言葉。

ユウキを送り出すたび、ユウキが女性ものの香水の移り香を纏って帰宅するたび、不快に思っても、言えなかった。

でも今は違う。

「事業、もうひとつ引き受けるか」

勇毅が、しょうがないな……と苦笑する。

実は宇條から、もうひとつ別の事業も引き受けてくれるのなら、《蔓薔薇の家》への負債はチャラにしていいと言われているのだと、勇毅がウンザリ気味に腕組みをした。

「宇條さん……手ごわいな」

あまりのことに、つい噴き出してしまう。クスクスと笑いを零すと、勇毅の手が卯佐美の頤を捕えた。

「いつの間にか、そんなふうに笑えるようになっていたんだな」

「ユウくんのおかげだよ」

ずっと傍にいてくれたから、これからもずっと傍にいてくれるから。

視界が陰って、落とされる淡いキス。

「……んっ」

ネクタイを引っ張ると、口づけは食《は》み合う深さを増して、力強い腕が痩身を包み込む。

ストイックなスーツの下の肌が熱を上げはじめる。

「ドアに鍵、かけてもいいか？」

甘い声が、耳朶に不埒を囁く。卯佐美の理性が「ダメ」と返すより早く、情熱的な口づけが卯佐美の思考を蕩かせた。

ファースト・ミッション

夕方着の最終便で、勇毅《ゆうき》と卯佐美《うさみ》は南紀白浜《なんきしらはま》空港に降り立った。

なぜこんな場所にいるのかといえば、すべては桧室《ひむろ》と琉璃《るり》のせいというかおかげというか、ようはふたりのお零《こぼ》れだ。

そもそもは、桧室が琉璃のために計画した小旅行だったのだが、当の桧室に急な仕事が入ってしまい、行けなくなって、お鉢が回ってきた。どういうルートを使ったのか、航空券もそのままふたりの名前にスライドされ、宿泊予約その他諸々《もろもろ》含めて、パッケージで譲り受けた、というわけだ。

譲り受けたというか、押しつけられたというか……。

「宿は白浜のほうだな」

空港から宿その他への手配は完璧《かんぺき》で、ふたりは自分の荷物すら手にする必要なく、迎えのリムジンに乗り込むことができた。

「問題の動物園は……」

「空港のすぐ傍《そば》だ」

不安そうにする卯佐美の肩を抱いて、車窓から海に落ちる夕陽《ゆうひ》を眺め。いくらも走らないうちに、車は宿についていた。

さすがは桧室というか、琉璃のために奮発したのかもしれないが、全室オーシャンビューを謳《うた》うホテルの貴賓室は、高級旅館の仕様で、二間つづきの広い和室に控えの間、内風呂《ぶろ》に露天風呂までついている。

このホテルは最上階にある海を眺められる露天風呂がウリだが、卯佐美のことを考えると、部屋に風呂があるのはありがたい。部屋の露天風呂からも、海が眺められる。貴賓室が最上階の一階下に設けられていることを考えても、充分すぎる景観だ。

部屋担当だという仲居がお茶を淹《い》れて退《さ》がると、ようやく卯佐美の肩から力が抜ける。

「美味《おい》しい……」

煎茶《せんちゃ》を啜《すす》って、ホッとひと息つく。

「さすがは一流どころの仲居だな。ちゃんとしてる」

適温できちんと淹れられた日本茶は、たしかに旨《うま》かった。夕食も、すぐに運ばれてくるとのことで、しばしの静けさだ。

卯佐美は先に部屋に運ばれていた荷物から、一冊のパンフレットを取り出して、難しい顔で確認をはじめる。

何を気にしているのかといえば、桧室がわざわざ旅行を計画した目的のほうだった。

空港のすぐ近くに、パンダ飼育などで有名な動物園があるのだが、そこにライオンの子どもがいるらしいのだ。日に何度か、触れ合える時間があるのだという。

琉璃が仔《こ》ライオンを抱っこしたいと言っている……というのが、桧室がこの旅行を計画した目的だったと聞いてはいるのだが、代わりに行けないかと話を持ってきた宇條《うじょう》は、かなり懐疑的な様子だった。

宇條の言いたいことはわかる。

主語は琉璃ではなく、桧室なのだ。琉璃が仔ライオンを抱っこしたいと言っている、のではなく、仔ライオンを抱っこした琉璃の可愛《かわい》らしい姿を桧室が見たかっただけ。

その計画が頓挫《とんざ》して、不機嫌になっているのは琉璃ではなく桧室だったようで、宇條の気苦労が知れた。

とうの琉璃はというと、「残念ですけど、埋め合わせを約束してくれたので」と、あまり気にしていない様子だった。それどころか、桧室に無理をさせているのでは？　と気にしていたようで、逆に肩の荷が下りた顔をしていた。

「仔ライオンは？」と訊《き》くと、「実は近くの動物園でも生まれてるんですよ」と笑っていた。そちらに連れて行ってもらうつもりだ、と……。

「写真、楽しみにしていますね」と、送り出してくれたのだが、卯佐美にとってはそれが一大ミッションになってしまった。

「琉璃に写真を送ってあげなくちゃ……」

仔ライオンの愛らしい姿を写真に収めて琉璃に見せる、という卯佐美的にハードルの高いミッションを引き受けてしまったのだ。

勇毅は携帯端末のカメラで撮ってメールで送ってやる程度でいいだろうと思っていたのだが、卯佐美は違った。

この日のためにデジタル一眼レフカメラを手に入れ、取説を読み込んで使い方をマスターし、準備万端。

そこまでしなくても……と思ったのだが、真剣になっている卯佐美が可愛いので、勇毅は放置した。

勇毅としては、動物園よりも、温泉でまったりしていたいところだが……仔ライオン撮影には明日一日付き合わざるをえないだろう。

「失礼します」と仲居の声がかかって、「お夕食の支度をさせていただきます」と、膳《ぜん》が運び込まれる。

海の幸をふんだんに使った色とりどりの和会席は、見ているだけでも楽しくなる。地元の酒蔵の限定品だという無濾過《ろか》生原酒と、地元の果物を使ったリキュールが華を添える。

勇毅はともかく、卯佐美は普段ほとんどアルコールを口にしないが、決して弱いわけではない。いつどんな連絡が入るか……と仕事を気にする必要のない状況なら、安心して呑《の》めるだろう。

「すごい……」

「手が込んでるな」

たぶん桧室が特別料理でもオーダーしていたのだろう。刺身の船盛りまである。

セッティングを終えて仲居が退がる。

もう少し早い時間についていれば、先に温泉で汗を流して浴衣で夕食……というのが風流なのだろうが、風呂は食後の楽しみだ。

「おまえは？」

勇毅が酒器を手にすると、向かいから白い手が伸ばされる。気遣いに甘えて、酌を受けた。

日本酒にするかリキュールにするかと尋ねると、「同じものを」というので、酌を返す。

「ひとまず、オーナーに感謝、だな」

楽しみにしていた旅行が頓挫した琉璃には申し訳ないが、きっと何倍もの企画になって返ってくるだろうから、心配するのも無駄だろう。

「琉璃が卒業したら、長期の出張には連れていく、なんておっしゃってたけど……」

高校生のうちはしかたないにしても、時間が自由になる大学生になったら連れまわす気でいるらしい……と、卯佐美が困った顔をする。

「大学生はそんなに暇じゃないだろ」

勇毅が呆《あき》れると、「専業主婦にさせたいのかも」と、卯佐美らしくない冗談を言った。琉璃を秘書に仕立てたいのは宇條であって桧室の希望ではないようだ。

「秘書のほうがずっと一緒にいられるじゃないか」

「でも、人目に曝《さら》される」

仕事の現場に連れまわせば、さまざまな人間と付き合わざるをえなくなる。誘惑も増える、というわけだ。

「心が狭いな」

さすがはオーナーだ、と呆れると、向かいで鯛《たい》の松毬《まつかさ》造りを口に運んでいた卯佐美が、箸《はし》を止める。

「……」

じっと見据えられて、勇毅は「なんだ？」と視線を上げた。

「……なんでも」

自分のことはわからないものなのだな……と呆れた口調で呟《つぶや》く。

おまえもひとのことを言えないと言いたいのだろう。自覚はあるが、認めるのは癪《しゃく》だ。とくにあのオーナーと一緒にされたくない。

結果的に、卯佐美を《蔓薔薇の家》という狭い世界に閉じ込めることになったわけだが、それは勇毅が本来希望した結果ではないのだから、すべて自分の希望どおりに押し進めようとする桧室と比べられるものではないはず。

とはいえ桧室も、最終的に琉璃に押し切られているのだから、惚《ほ》れたほうが負けという古来からの方程式は、二十一世紀のいまなお通用するらしい。これについては、自分を棚上げする気はない。桧室と同じ穴の狢《むじな》だ。

「うまいな」

「とても新鮮だ」

勇毅は酒の話をしたのだが、卯佐美は船盛りの刺身に舌鼓を打っている。

先代オーナーは、引き取った子どもたちにさまざまな経験を積ませてくれたが、しかし家族旅行といった経験は、自分たちに圧倒的に不足している。

子どものような反応を見せる卯佐美だけでなく、自分も妙にはしゃいだ気持ちになっていることに気づいて、勇毅は苦笑した。

急な仕事で身動き取れなくなった桧室には申し訳ないが、琉璃には土産を買って行こう。気苦労のたえない宇條にも。

アサギには、甘いリキュールがいいだろう。リキュールなら菓子作りにも使える。とはいえ、アサギが菓子作りに没頭するような事態は避けたいところだが……。

「……なんだ？」

卯佐美がじっとこちらをうかがっていることに気づいて、勇毅は手酌の手をとめた。

「楽しそうだな、と思って」

酒器を手に、卯佐美が微笑《ほほえ》む。

「楽しいさ。おまえと旅行なんて、なかったからな」

卯佐美の猪口《ちょこ》に芳醇な香りの日本酒を注ぎながら返した。くいっと呑み干して卯佐美が呟く。

「また、行きたいな」

「ん？」

「宮古島」

子どものころ、先代オーナーが連れて行ってくれた想《おも》い出の場所。

「あの別荘、オーナーが相続してるんだよな」

今度確認してみよう。なにも知らない桧室は、そのうち売却してしまうかもしれない。あるいは手を加えてホテルにする可能性もありそうだ。

「夏にみんなで行ったら楽しそうだ」

卯佐美とふたりで……と考えていた勇毅とは反対に、卯佐美は琉璃やアサギや《蔓薔薇の家》のみんなで行こうと言う。やはり自分も桧室を笑えないな……と胸中でひっそりと苦笑した。

「宇條さんに相談してみる」

桧室に……と言わないところが、力関係を言い表していて妙だ。勇毅はくくっと喉《のど》の奥で笑った。

「海が綺麗《きれい》だからな。ダイビングにうってつけだ」

「アサギは日焼けするから嫌だって言いそうだけど」

「あいつは肌を見せられないだけだろ」

頻繁に訪れる客が残していく情痕《じょうこん》が肌から消えることはない。ひと月も出張に出ていて来られないときは別だが……あるいは、自分の肌から痕跡が消えていくのを見て、アサギは情緒不安定になっているのかもしれない。

卯佐美の頬《ほお》がうっすらと染まっているのは、アルコールのせいではない。アサギと客の話をしたからだ。

そういう卯佐美自身が、とても大浴場など楽しめる状態ではない。つまりは、そういうことだ。

伏せられた長い睫毛《まつげ》が艶《つや》っぽい。

ふいに嗜虐《しぎゃく》的な情動が湧《わ》くのを感じて、勇毅はひっそりと笑った。

ひととおり食べ終えるタイミングを見計らったように、仲居が適温に冷えた水菓子を運んでくる。

一度下げた膳は美しく盛りなおされ、酒のアテにできるように、新たな酒とともにテーブルに並べられた。

その間に、隣室に布団の用意も済まされる。さすがに一流どころは手際がいい。

卯佐美は、窓際のチェアでカメラを弄《いじ》っている。もう充分に使い方は頭に入っているだろうに。

仲居が退がると、急に卯佐美の肩が緊張するのがわかった。そういう初心《うぶ》な反応が可愛いのだと、言ってても理解できないだろう。

二十年近くも、この腕に囲い込んで純粋培養したのだ。

知識は豊富でも経験値が絶対的に足りない卯佐美の見せる反応のひとつひとつが新鮮で純粋で、勇毅の目を楽しませてくれる。

桧室や宇條に言わせれば、貴様こそ歪《ゆが》んでいる、ということになるのだろうが、お互い様だと返したい。

「評判の温泉を楽しまなくちゃな」

勇毅が腰を上げると、卯佐美の肩がビクリと揺れた。怯《おび》えているわけではない。恥ずかしいのだ。

わかっているから余計に、追い詰めて泣かせて、縋《すが》らせたくなる。

「ナオ」

おいで……と手を差し伸べる。強引に引きずったりはしない。

卯佐美はコクリと頷《うなず》いて、手にしていたカメラを置いた。勇毅の手を握り返すものの、顔を上げる勇気はない様子。首筋まで真っ赤で可愛らしい。

総檜《ひのき》造りの内風呂と露天風呂はつづいていて、露天風呂のまわりはちょっとした庭のようになっている。目隠しのための竹穂垣の向こうに、夜の海とぽっかりと浮いた月がうかがえた。

湯気に満たされた内風呂で、まずは卯佐美の着ているものに手を伸ばす。慌てた様子で勇毅の手を止めた卯佐美は、真っ赤になって俯《うつむ》いた。「自分で……」と蚊の鳴く声で訴える。

いつもはたいてい卯佐美の自室で抱き合う。自分のテリトリーともいえる慣れた場所だからいいのだろうが、ここは違う。

はじめての土地、なれない空間で、しかも温泉。

シャツのボタンを外す指が震えている。卯佐美がもたもたしている間に着ていたものを脱ぎ落とした勇毅は、首まで真っ赤な卯佐美の背後に立った。

「手伝うか？」

「……っ!?」

驚いた顔で卯佐美が振り返る。こんなに表情豊かな彼を見るのははじめてかもしれない。そういう意味では桧室に感謝だ。

「い……いい」

「いつまで経《た》っても入れないぞ」

拒む手を軽く制して、シャツのボタンに指をかける。身動きままならなくなった卯佐美は、勇毅の言いなりだった。

白い肩からシャツを滑らせて、そこに唇を落とす。

驚いた卯佐美が背を硬直させた。痩身《そうしん》に後ろから腕を回して、残った布も剝《は》いでしまう。

「……っ！　勇毅……っ」

「あったまろうか」

耳朶《じだ》に囁《ささや》くと、コクリと頷く。

適温に調節された内風呂に足を入れると、湯の軟らかさが肌に伝わる。

離れた場所に身体《からだ》を沈めようとする卯佐美の腕を引いて、腕に囲い込んだ。

「勇毅……っ」

離れようとするのを許さず、自分に身体をあずける恰好《かっこう》をとらせると、卯佐美は途端におとなしくなった。ホッと息をつく。

「気持ちいい……」

白い手で湯を掬《すく》い、安堵《あんど》の声で呟く。

ちゃぷんっと、水音。

源泉の引かれた風呂はかけ流しで、常に湯音が立っているけれど、とても静かに感じられた。

湯気を吸ってしっとりと重くなった卯佐美の髪は、いつもとは違う指触り。やわらかな湯に濡《ぬ》れた肌も、いつもと違う温度で勇毅の手にしっとりと馴染《なじ》む。

湯を掬いながら、卯佐美の薄い肩をなぞる。首筋を撫《な》でると、擽《くすぐ》ったそうに首を竦《すく》めた。

「ナオ」

上げられた額に、唇を軽く押し当てる。長い睫毛が気恥ずかし気に瞬いた。

「オーナーにお礼言わないと」

話題を逸《そ》らそうとするのが見え見えの会話をはじめる。

「琉璃へのお土産はパンダのぬいぐるみかな。アサギにはパンダどら焼きで……」

これも事前に調べていたらしい。

「琉璃はもうすぐ大学生だぞ」

琉璃が引き取られてきたとき、自分たちはすでに成人していた。年齢差もあって、どうしても子ども扱いしたくなる。桧室が当初躊躇《ためら》った気持ちは、わからなくない。

「じゃあ、文房具とか……お弁当グッズもいいかな」

卯佐美のやわらかな声を心地好《よ》く聞く。

いつもの凜《りん》とした声もいいが、ふたりきりのときに聞く、艶っぽく少し掠《かす》れた声も勇毅は好きだった。

濡れた襟足をもてあそんでいると、「くすぐったい」と軽く払われる。その手をとって、口許《くちもと》に運んだ。指先に口づける。

「勇毅……っ」

抗議の声を、愉快な気持ちで聞き流す。

「勇……っ、あ……」

細腰を引き寄せて、唇を軽く啄《ついば》む。湯温のせいかいつもよりぷくりとして見えるそこは甘く、上気した頬は艶っぽい。

「……んっ」

唇を食《は》んで、甘い舌を誘い出す。

まだ慣れない卯佐美は、積極的に求めてくることはないものの、与えられる快楽は素直に甘受する。口腔内《こうこう》を貪《むさぼ》るうちに、いくらかの緊張を見せていた痩身が蕩《とろ》けて力を失《な》くし、勇毅の胸に縋るばかりになる。

口づけを解くと、眼福な光景。蕩けきった表情の卯佐美が、自分を見上げている。視線が合うと羞《しゅう》恥《ち》に頬を染めて、顔を伏せる。

真っ赤になった耳朶に口づけながら、湯の中、不埒《ふらち》な手を白い太腿《ふともも》に滑らせる。薄い肩がビクリと跳ねた。

「勇……、ユウ…くん」

ダメ……と、掠れた声。

背を抱く手は、背筋を伝い落ち、双丘へ。間に指を滑らせると、細腰が跳ねた。

「や……っ」

肩口に、ぎゅっと縋ってくる。でも、逃げはしない。

太腿を撫でる手は、局部を探る。卯佐美の頬がカッと朱に染まった。

「いけない子だな、ナオは」

そこは、すでに兆しはじめていた。

精神的には純粋培養でも、肉体的には充分に熟した大人だ。知ったばかりの快楽に溺《おぼ》れる肉体を持て余す初心さが、勇毅の嗜虐心を焚《た》きつける。

付き合いが長いが故に、今になって知る艶めく素顔は、抗《あらが》いがたい魅力に満ちている。

子どものころ、大人への階段を上る途中で、はじめてその熱に触れたときには、自分はすでに弟のように可愛がってきた少年に対する慈愛の情以上の感情を自覚していた。

肉体の変化に怯えて泣く少年を慰めながらも、その裏で若い肉欲を持て余していた。あのときに衝動のままに抱いていたら……と考えたこともあったが、できなかったものは言ってもしかたない。それはそれで意味があったのだろうと、今は考えている。

「ダメ…だ、湯が……」

「かまわないさ」

「でも……っ」

湯の中で兆す欲望をあやしながら、双丘の間を割った。

湯温で弛緩《しかん》した肉体は、勇毅の指を容易《たやす》く受け入れる。それでなくても、ここのところ連日のように勇毅を受け入れている肉体は、常に情欲の熾火《おきび》を湛《たた》えている。

「あ……ぁ……っ」

甘く掠れた声が鼓膜に心地好い。

疼《うず》く身体を、救いを求めるかのように、勇毅にすり寄せてくる。

「やわらかいな」

意図的に意地悪い言葉を囁くと、眦《まなじり》を赤く染めて唇を噛《か》む。

腰をまたがせようとすると、「むり……」と逃げるので、逆手にとって湯船の縁に追い込んだ。背中から囲い込んで、腰を引き寄せる。

「あ……んんっ」

とっくに臨戦態勢の欲望を間に押しつけると、痩身が期待に震える。

細腰を淫《みだ》らに揺らして誘う。

「ひ……ぁっ、……ぁあっ！」

グイッと腰を進め、一気に最奥《さいおう》まで貫いた。蠢《うごめ》く内壁が絡みついてくる。素直すぎる肉体は思いがけず貪欲《どんよく》で、勇毅の理性を容易く奪う。

「ナオ……もっと声、聞かせろ」

耳朶に歯を立て、腰を揺さぶる。

「や……ぁっ！　あぁ……んんっ！」

甘ったるい嬌声《きょうせい》が風呂に響く。露天ならまずいかもしれないが、貴賓室の内風呂だ。誰に聞かれることもない。

荒々しいほどに揺さぶって甘い声を誘い出したのち、ねっとりと嬲《なぶ》って啼《な》かせる。あと少しというところで何度かはぐらかしてやると、卯佐美は蕩けきった表情で背後をふり仰いで、「はや…く……」とねだるのだ。

「おね…が……」

「どうしてほしい？」

無情に聞き返すと、潤んだ瞳《ひとみ》に責める色が過《よぎ》る。

「もっと……」

「もっと？」

泣きそうな顔で、卯佐美は淫らな言葉を紡いだ。

「……せ、て……」

聞こえない、とさらに追い詰める。

「イかせ…て……っ」

ボロボロと泣きながら懇願する。

「いい子だ」

ご褒美のキスを落として、腰を突き上げた。

「――……っ！」

迸《ほとばし》る悲鳴。跳ねる腰を押さえつけて、最奥に情欲を放つ。

「……っ、……んっ」

がくり……と力を失った痩身が、檜の板張りの床に倒れ込んだ。うつろな瞳で勇毅を見上げる。小刻みに震える肉体は、満足しきっていない証拠だ。

背中が痛いと文句を言われるのを承知で、その場に押さえ込む。薄桃色に染まった太腿を抱えて、蕩けきった後孔《こうこう》に、今度はゆっくりと身を進めた。


件《くだん》の動物園は、朝の九時半開園なのだが、ふたりが園についたのは、昼もとうに過ぎた時間のことだった。

朝から行くつもりでいたのだけれど、昨夜ちょっと勇毅が無茶をしたために、卯佐美が起き上がれなかったのだ。

最初に内風呂で愉しんだあと、浴衣に着替えてひと息ついているうちに、浴衣の乱れた裾《すそ》から覗《のぞ》く白い足に誘惑されて第二ラウンドに突入してしまった。

半ば意識を飛ばした卯佐美を抱いて露天湯に浸《つ》かったときには、時計の針はとっくの昔に日付をまたいだあとで、朝食も一番最後の時間に変更したのだ。それからチェックアウト時間ギリギリまでまったりとすごして、ようやく宿を出た。

そんなわけで、仔ライオンとの触れ合いは先着順の整理券が必要だとわかっていたため、写真だけ撮影できればいいと思っていたのだが、さすがは桧室というか、整理券の最後の一枚を手に入れることができてしまった。人を雇って並ばせたらしい。今はいろんな代行業があるし、何でも屋がチェーン展開までしているご時世だ。

琉璃がいれば、「ちゃんと並びましょう」と言っただろうが、そんなこととは知らずに来てしまったふたりは、要《い》らないと言うわけにもいかず、整理券を受け取った。

仔ライオンとの触れ合いタイムはちょうど昼過ぎからで、意図せずちょうどいい時間に来てしまったようだ。

だが、並んでいるのは、親子連れや若い女性のグループばかりで、当然といえば当然なのだが、男性だけのグループは皆無。男性ひとりで並んでいる人がいるが、プロ顔負けのカメラを首から下げていて、そういうマニアらしいと察した。

周囲は、整理券を手に入れられなかった客が囲んでいる。女性のグループが、勇毅と卯佐美をちらちらと見ながら、何やら囁き合っている。

こういう視線に無頓着なら救われるが、卯佐美は敏《さと》い。すぐに気恥ずかし気に顔を伏せてしまった。自分たちがいかに場違いか、気付いたのだろう。

たしかに勇毅も居心地がいいとはいいがたいが、卯佐美が喜んでいるのなら周囲の目などどうでもいい。だが、とうの卯佐美が居心地悪そうにしていては、この場にいる意味がなくなってしまう。

「可愛い写真をとって、琉璃に送ってやろう」

そのために来たのだから……と言うと、卯佐美はようやく顔を上げて、ニコリと微笑んだ。ふたりに興味津々な女性客たちが、「きゃっ」と悲鳴のような歓声をあげる。おまえたちに卯佐美の笑顔をふるまってやる気はない……と勇毅は卯佐美の肩を抱いた。

女性客たちから死角になるように引き寄せて、仔ライオンに意識を向けさせる。すると今度は、さきほどとは毛色の違う「きゃあ」という悲鳴のようなものが聞こえた。勇毅が意識を巡らせると、また違う女性グループが、こちらをちらちらと見ながら、やはり囁き合っている。

まったく騒がしいな……とうんざりしながら、勇毅は卯佐美の腰を抱いて前へ促した。ようやく順番が回ってきたのだ。

卯佐美は買ったばかりの一眼レフを取り出して、琉璃に送る写真を撮るのに懸命になる。すると女性スタッフが「どうぞ抱っこしてください」と仔ライオンを差し出してきた。

卯佐美が恐る恐る仔ライオンに手を伸ばす。大きな猫くらいのサイズだが、立派な足は大型肉食獣たる力強さがある。

大きなあくびをして、仔ライオンは素直に卯佐美に身を任せた。ずいぶんとなつっこい。

「可愛い……」

卯佐美がうっとりと呟く。周囲から、カメラのシャッター音が立てつづけに鳴った。囲む客たちが手にしたカメラや携帯端末の発するものだ。

どうやら、仔ライオンを抱いた卯佐美の可愛らしさに眼福なのは、自分だけではないようだ。

「ナオ」

勇毅は仔ライオンを抱いた卯佐美の腰を引き寄せ、携帯端末を取り出す。自撮りモードで数枚撮影したあと、囲む客のなかから、先ほど少し前に並んでいたカメラマニアと思《おぼ》しき男性を見つけて、「お願いできますか?」と卯佐美のカメラを渡した。こういう人種は自分の腕を誇示できる場を欲しているから、たいていい快く引き受けてくれる。

ふたりと一匹の写真を何枚か撮影してもらったところで、時間切れとなった。卯佐美は名残惜しそうに、仔ライオンを飼育係の女性に返す。

「ありがとうございました」

ニッコリと礼を言われて、女性飼育員のみならず、腕の中の仔ライオンまでポウッとなっているように見えた。そういえばオスだったな……などと、くだらない思考が過った。

そのあとは、園の一番人気のパンダを見て、みんなへの土産を物色していたら、あっという間にフライトの時間になってしまった。

園から南紀白浜空港はすぐ目と鼻の先なのがありがたい。最近の国内線はギリギリの時間までチェックイン可能だから、ロスタイムも少なくて済む。

結局、琉璃にはパンダ柄のランチボックスセット、アサギにはお菓子の詰め合わせ、宇條にはボールペンと付箋《ふせん》のセット、桧室にはパンダ柄のTシャツ……パジャマくらいにはなるだろう。琉璃以外には「嫌がらせか！」と言われそうな土産のラインナップだが、それもまた楽しい。

空港での待ち時間の間に、撮影した仔ライオンの写真を、琉璃に何枚か送信しておいた。羽田空港についたタイミングで受信した琉璃からの返信で、「この写真が一番好きです！」と返ってきたのは、一眼レフカメラで撮影された仔ライオンのアップでも、セミプロに頼んで撮ってもらったスリーショットでもなく、勇毅が携帯端末でサッと撮影したものだったことだけが予想外だった。

「使い方、がんばって覚えたのに……」と、帰りの車の中で卯佐美がボソリと呟いていたが、勇毅は琉璃の審美眼に恐れ入るばかりだった。

自分が撮影した写真が、卯佐美が一番いい表情をしていた自負がある。当然だ。一番気を許せる相手がシャッターを押しているのだから。

心からの笑みを浮かべる卯佐美と、腕の中の愛くるしい獣と、そして自分も信じられないほどゆるんだ顔をして写っていた。

幸せという言葉の意味を、改めて実感した。

残念そうにしていたのもつかの間、卯佐美も結局同じ結論に行きついたのだろう、勇毅が撮影した写真を、携帯端末の待受画像に設定する。

こっそりとやっているつもりのようだがバレバレだ。だがそんな横顔も可愛いから、いまは指摘しないことにした。自分もあとで、同じく待受に設定することにしよう。

TIGER KINGDOM

卯佐美《うさみ》とユウキからもらった南紀白浜土産のランチボックスセットは、さっそく役に立っている。琉璃《るり》のかよう高校には学食があるものの、弁当持参もＯＫで、琉璃はいつも手製弁当を持参しているのだ。

お弁当はいつもの曲げわっぱに詰めているのだが——弁当にはこれが一番だと先代オーナーに教えられたためだ——パンダ柄のランチボックスにアサギ手製の焼き菓子を詰めて持っていったら、クラスの女の子たちがあっという間に胃に収めてくれた。なるほど、アサギのお菓子が山積みになったら、今度からこうすることにしよう。

桧室《ひむろ》はというと、琉璃にねだられて一度はパンダ柄のＴシャツに袖《そで》を通したものの、憮然《ぶぜん》とした顔ですぐに脱いでしまった。

かわりに風呂《ふろ》上りの琉璃が着せられて、下着も身につけていなかったために、なんだかグラビアアイドルのような恰好《かっこう》になってしまって、その後……。思い出せば赤面するばかりだが、ともかく今は琉璃がパジャマがわりに使わせてもらっている。

そんな話の流れで、仔《こ》ライオンを抱いた卯佐美を、琉璃が「可愛《かわい》い」「綺麗《きれい》」と褒めまくったのがいけなかったのだろうか。

そもそも、行く気満々になっていた旅行がポシャッて、実のところ一番落胆していたのは、琉璃ではなく桧室だったように思う。

琉璃は桧室と一緒にいられればどこでもよくて、休日だからといって出かけなくても、リビングのソファで寄り添ってゴロゴロしているだけでも嬉《うれ》しいのだけれど、桧室はどうにかして琉璃を喜ばせたいと考えるようで、少しでも時間があくと「出かけよう」と言い出すのだ。

だから、今回「ライオンがダメならトラにしよう」と言い出したときも、「嬉しいです」と頷《うなず》いただけだった。

どこか近郊の動物園でトラの赤ちゃんが生まれたニュースなどやっていただろうか？　と考えはしたものの、とくに調べるでもなく、計画はすべて桧室に任せていた。「お弁当は何がいいですか？」と尋ねても、「今回は不要だ」というので、どこかレストランに連れて行ってくれるのか、それとも持ち込み不可の施設なのかもしれないと考えたにすぎない。

だから、せいぜい車で出かける程度のことだと思っていたし、事実、その日は朝から車で出かけたのだけれど、途中でどうにも旗色が違うことに気がついた。そしてそれが現実のものとなったのは、桧室が運転する車が空港の駐車場に滑り込んだときだ。

「あの……？」

「パスポートならここにある」

たしかに重要な問題だけれど、琉璃が訊きたいのはそういうことではなかった。

琉璃は旅行の準備などしてきていない。日帰りで出かけるつもりでついてきたのだから当然だ。携帯電話と財布とハンドタオルくらいしか、琉璃の小さなバッグには入っていなかった。

とはいえ桧室も、機内持ち込みサイズの小さなスーツケースしか持っていない。だが、国内ならパスポートは不要だ。

いったいどこへ？　台湾や香港、韓国といった、近場のアジア圏だろうか。

果たして止めるべきなのか……宇條《うじょう》に電話してみようかとまで考えていた琉璃に渡されたのは、パスポートに挟まれたタイ行きの航空券だった。

羽田から、タイはバンコク、スワンナプーム空港まで、およそ九時間。そこで国内線に乗り換えて一時間半。降り立ったのは、リゾート地として知られるプーケット島。

ファーストクラスの充実したサービスでのフライトだったうえ、何もかも桧室がやってくれるので琉璃はただ飛行機での旅を楽しんでさえいればよかったのだが、いったいどこへ連れていかれるのかと問えないままについていくよりほかない。

――ライオンがダメならトラって言ってたような……。

空港には、リムジンが迎えに来ていて、ここでも琉璃は身ひとつで車に乗り込み、桧室の隣ではじめて見るタイの風景に目を白黒させるばかりだ。

「チェンマイに行くつもりだったんだが、プーケットにもできたと聞いたんだ」

できた？　いったい何が？　と思っているうちに、車が減速して、看板が見えてきた。

「TIGER KINGDOM《タイガーキングダム》……？」

トラ王国？

「まさか……」

訪れたのは、トラと触れ合える施設だった。

ライオンがダメならトラの理屈で、タイまで来たというのか？

「……」

宇條はなんと言ったのだろう。許しをもらっていると思いたいが、まさか勝手に出てきたなんてことは……。

「ここは仔トラだけでなく、大人のトラとも触れ合える施設なんだ」

琉璃の心配をよそに、桧室は実に満足そうだった。

受付には、BIG TIGER, MEDIUM TIGER, SMALL TIGER, SMALLEST TIGERの文字。それぞれ800 THB / Person, 800 THB / Person, 900 THB / Person, 1000 THB / Personと数字が書かれている。THBは通貨であるタイバーツの略だ。一番小さいトラと触れ合う価格が一番高い、ということらしい。

琉璃が何も言わずとも、桧室はチケットを四種類とも購入し、さらには写真をとってくれるサービスにも申し込んだ。

自分のカメラで撮影することも可能だが、施設のサービスを使うと、プロのカメラマンが撮ってくれるのだ。

案内板には、タイ語と英語の表示。タイ語はチンプンカンプンだが、英語は読める。どうやらトラの保護を目的とした施設で、料金は施設の運営のほか、保護活動費にあてられているらしい。

「デビューしたばかりの赤ん坊が公開されてるそうだ」

施設のスタッフと話をしていた桧室が、タイミングがよかったと微笑《ほほえ》む。今確認したような言い方をしているが、琉璃のために事前に調べてくれたに違いない。

そう思ったら、胸がほっこりと温かくなった。せっかくタイまで来たのだから、楽しまなくてはもったいない。

チケット四枚をトランプのように広げて、「どちらから行く？」と尋ねてくる。大人のトラからにするか、赤ちゃんトラからにするか、と尋ねているのだ。

いきなり大人のトラはさすがに怖くて、琉璃は「赤ちゃんから」と答えた。施設のスタッフがついて、案内してくれるようだ。

注意事項の説明をうけたあと、タイガーゾーンへ。受付周辺には、ショップやレストランもあって、大人のトラが池で泳ぐ姿が見られると説明がある。だが、仔トラはチケットを買って入るタイガーゾーンでなくては見られないらしい。

施設がまだ新しいようで、どこも綺麗で、清潔に保たれている。

案内されたSMALLEST TIGERの檻《おり》を覗《のぞ》き込むと……。

「わ……」

最初に大きな声を上げてはいけないと言われていたので、かろうじて悲鳴は堪《こら》えた。

「可愛い……っ！」

潜めた歓声を上げ、傍らの桧室のシャツを引っ張る。桧室が微笑まし気に口許《くちもと》をゆるめた。

広い檻の中には、数頭の仔トラがいた。大きな猫よりさらにひとまわり大きいくらいだろうか。でも、まだまだ小さい赤ん坊だ。

触れ合える時間は決まっていて、客は入れ替え制。満足げな顔で出てくる客と入れ替わりに檻に入る。

トラといっても、性格はさまざま。仔トラ同士でじゃれあっている仔もいれば、寝ている仔もいる。なかにはなつっこい仔もいるようで、一頭がとてとてと琉璃に近寄ってきた。膝《ひざ》をついて手を差し伸べると、まるで猫のように甘えてくる。

膝にのしっと前肢《まえあし》がのせられる。意外と重いというか、力がある。どんなに愛くるしくても、やはり猫とは違う。

「抱っこしてもいいんですか？」と確認をとると、施設のスタッフが頷いてくれた。

「よいっしょ……わ、結構重い……」

琉璃が仔トラを抱き上げると、ついてきたカメラマンがすかさずシャッターを押しはじめた。桧室も携帯端末を取り出してシャッターを押す。

「琉璃」

カメラを見るように言われて、琉璃は笑顔を向けた。

「耳がフカフカなんです！　可愛い……！」

見て見て！　と仔トラの頭を桧室に向ける。桧室が手を伸ばして首の後ろのあたりを撫《な》でた。頭と顔、前肢には触れないようにと注意があったためだ。

気持ちいいのか、仔トラが目を細める。

今公開されている仔トラのなかで、一番おとなしくてなつっこい仔なのだと、飼育員が説明してくれた。そのかわり、気に入らない相手には絶対に抱かれないそうで、どうやら琉璃は気に入ってもらえたようだ。

ほかの客も、おのおの目をつけた仔トラと戯れ、写真をとったり、添い寝してみたり、トラとの触れ合いを満喫している。

「敞之《たかゆき》さんも抱っこしてみませんか？」

琉璃が仔トラをずいっと差し出すと、桧室は携帯端末をポケットに押し込んで、ずっしりと重い仔トラを抱いた。

「たしかに、重いな」

それに暑い……と、動物の体温の高さに驚く。琉璃は、桧室のポケットから携帯端末を抜き取って、カメラアプリを立ち上げた。

「私はいいから、トラを撮りなさい」

「いいんです。僕が見たいんだから」

仔トラを抱いてゆるんだ表情を見せる桧室など、次にいつお目にかかれるか……。琉璃がまた来たいと言ったらすぐにでも実現してしまいそうなのが怖いが、でも多忙な桧室が時間をつくるのは、容易ではないはずだ。

今時点で宇條から電話が入らないということは、ちゃんと許しをもらって出てきたのだろうし、ということは、かなり無理をして仕事のスケジュールを調整してくれたに違いないのだ。

するとそこへ、哺乳瓶《ほにゅうびん》を手にした飼育員がやってきて、赤ちゃんトラにミルクをやってみせてくれる。琉璃も哺乳瓶を持たされて、どうしたら……と戸惑いながらも、教えられるままにミルクをやった。

「すごい力……」

仔トラを抱っこしているだけでも結構な力が必要なのに、大きな前肢で哺乳瓶を持つ琉璃の手をぐいぐいと押してくるのだ。母猫の乳首に吸い付く仔猫が、お乳がよく出るように前肢でモミモミするのと同じことだと理解した。

「わわ……っ」

仔トラの力に負けてしまいそうになったら、背後にまわった桧室が、手を添えてくれる。仔トラを抱く腕を支え、琉璃の痩身《そうしん》が仔トラの力に負けないように補助してくれる。

背中を桧室に預けたことで、琉璃も安心してミルクをあげることができた。その様子を、カメラマンが写真に収めていく。

ミルクを飲み終わったら眠たくなったようで、仔トラは琉璃の膝を枕《まくら》にウトウトしはじめる。寝顔も愛くるしい。

仔トラにめろめろで目を細める琉璃を、同じく桧室が目を細めて微笑まし気に見やる。可愛いものの威力にかなうものはない。

時間いっぱい、仔トラとの触れ合いを楽しんで、今度はSMALL TIGERの檻へ。先ほどよりも少し成長した、でもまだ赤ん坊の域を脱っしない仔トラが元気いっぱいにじゃれ合っていた。

先ほどの仔トラがハイハイまでの赤ちゃんだとすると、こちらは歩きはじめた幼児といったところか。今度は元気な一頭に気に入られて、琉璃は檻のなかで笑い転げた。

とびかかられ、じゃれつかれ、遊び相手にされて、息が上がる。ゴロゴロと、まるで猫のように喉《のど》を鳴らして甘えてくれるのは嬉しいけれど、力がすごくて、飼育員さんは大変だ……などと妙な感心をしてしまう。

次いで入ったMEDIUM TIGERの檻は、ちょっとだけ怖かった。最後に入ったBIG TIGERの檻でそう感じたのだけれど、MEDIUM TIGERが一番活動的で、なのに手足はすでにかなり立派に成長しているため、トラにはじゃれついているつもりしかなくても、人間は大怪我《けが》……という事態が想像可能だったためだ。

人間でも小中学生くらいのころが一番活発なのだから、当然といえる。けれど、しっかりと飼育されているため、注意事項さえ守っていれば人を襲うことはないし、大きな猫じゃらしならぬ虎《とら》じゃらしにじゃれつく姿はとても可愛らしかった。

最後に触れたBIG TIGERは、まさしく動物園で柵《さく》越しにみるトラのサイズだ。ショップやレストランからも見られる広い敷地に放されていて、人間がそのなかへ入ることになる。

近くで見るととても大きくて、同じグループで案内された客は皆、最初は恐る恐るだったのだが、BIG TIGERが意外にもおとなしいとわかると、ようやく長い尾や背中に触れることができた。

MEDIUM TIGERと違って、もう慣れきっているというのか、落ち着いていて、人間が何をしようが動じない、といった様子だ。思いきって背中に抱きついてみても、のっそりと顔を上げるだけ。尻《しっ》尾《ぽ》を触っても平気だった。

「すごい……！」

これはもう、世の猫好きの夢ではないだろうか。琉璃は動物はなんでも好きで、特別犬派か猫派かなどと考えたことはなかったけれど、これ以上の興奮はなかった。

仔トラはもちろん可愛かったけれど、でも大きなトラとの触れ合いが、のちのち思い出したときに一番印象深いかもしれない。

大満足で四枚のチケットを使い切って、最後にカメラマンが撮った写真をディスクに焼いたものを受け取る。「デジタルカメラが普及したからこそのサービスだな」と桧室は感心していたけれど、フィルムカメラを使った記憶のない琉璃には、よくわからなかった。

世界中からリゾート客の集まるプーケットには、有名なタイ料理レストランが何軒もある。昼食は移動しようかという桧室に、琉璃は施設のレストランで食べたいと希望を言った。トラを眺めながらビュッフェがいただけると案内板に書かれているのを読んだのだ。もちろん、ショップでみんなへのお土産を買って帰らなくては。

この手の施設併設のレストランでは、もしかしたら味は期待できないのかもしれないけれど、でもせっかく来たのだから施設を満喫したい。琉璃の気持ちを汲《く》み取って、桧室は「トラに見られながらの食事も一興だ」と頷いてくれた。

観光地だけあって、ビュッフェ台に用意されている料理は、代表的なものばかりだった。とはいっても、琉璃はあまりエスニック料理に詳しくないから、グルメ番組や雑誌で見たことがある程度の知識しかない。

だが桧室は、さすがに世界中を飛び回っているだけあって、タイ料理にも詳しかった。定番のグリーンカレーにジャスミンライス、パッタイは米粉麺を使ったタイ風の焼きそばのことで、酸っぱ辛いタイの代表的なスープがトムヤムクンだ。ほかに、ヤム・ウンセンという春雨サラダや、タイバジルと鶏《とり》ミンチを炒《いた》めたガパオライス、鶏肉を丸ごと茹《ゆ》でたカオマンガイなどなど、はじめて食べる料理ばかりで、琉璃は歓声を上げつづけた。

「美味《おい》しい……！」

琉璃の満足顔を見て、桧室も頷く。

「辛いけど、でも美味しいです！」

酸味と辛味が同居しているのがタイ料理の特徴だ。そして、フレッシュハーブをふんだんに使う。

「ひと口にタイ料理といっても、地方ごとに特色がある」

首都バンコクを中心とした中部地方のタイ料理が一番有名ではあるが、中国料理に四川料理や広東料理などの区別があるように、タイ料理にも東北部、北部、南部の区別があって、それぞれに特徴があるのだ。

中部地方の主食はうるち米だが、北部や東北部はもち米だ。北部はミャンマーと接していて、東北部はラオスと接しているために、隣国の食文化の影響も受けている。

「滞在中に、いろいろ食べてみよう」

「はい！」

お腹《なか》いっぱいタイ料理ビュッフェを堪能《たんのう》して、最後にショップでオリジナルグッズを物色する。

アサギにはぬいぐるみより、タイのお菓子のほうがいいだろうか……などと考えていると、桧室が同じ柄のTシャツを二枚とって、「お返しだ」とニヤリ。支配人とユウキに、南紀白浜土産のパンダTシャツの礼にペアで、ということらしい。見ると、いったいどこで着たらいいのか……と思わされる柄だった。

それならと琉璃は、別の柄のTシャツを二枚選んだ。MサイズとLサイズ。胸板が厚くて手足が長いために既製服が合わない体型の桧室でも、Tシャツなら大丈夫だろう。LLサイズのほうが安心だろうか。

桧室が選んだものに比べればおとなしい柄だが、TIGER KINGDOMとロゴが入っているために、日本に帰国したあとはパジャマにしかできないだろう。

「ビーチで着ましょう」

これが欲しいと琉璃が差し出すと、桧室は啞然《あぜん》とした顔をして、ため息をひとつ。

「琉璃」

いなすような口調に、「いいでしょう?」と甘える。宇條のレクチャーのおかげもあって、最近少しだけ、桧室の動かし方がわかってきた。

「僕、着替えも何も持ってきてないんですよ」

買ってください、と上目使いに。桧室は「しょうがないな」と苦笑して、琉璃が選んだものをレジ台に置いた。

大きなぬいぐるみにも惹《ひ》かれたけれど、飛行機でいったいどうやって持って帰ったら……と悩んでいたら、さすがはファーストクラス、あっさりと「問題ない」と言われてしまった。

大きなぬいぐるみを抱えて施設を出ると、迎えのリムジンがエントランスに滑り込んできた。ＶＩＰの送迎専門のハイヤー会社のようで、サービスが行き届いている。

「いったんホテルにチェックインしよう」

車が向かったのは、ターコイズブルーの美しい海を臨める場所に立つリゾートホテルだった。広大な敷地に全十六室という贅沢《ぜいたく》なつくりで、すべての部屋にプライベートプールがあり、二十四時間対応のバトラーサービスを受けられるのだという。

プライベートプールを囲むようにつくられたヴィラに案内されて、琉璃はあんぐりと首を巡らせた。ファミリーで宿泊できるつくりなのだろう、寝室がふたつあって、広いリビングダイニングとテラスにはテーブルとデッキチェア。東屋《あずまや》のベッドは、そこでタイ古式マッサージなどのサービスを受けられると説明された。

食事はレストランでも食べられるし、部屋に運んでもらうこともできる。長期滞在を見越したつくりなのか、奥には立派なキッチンまであった。

「すごい……」

それ以外に言葉が出てこない。

プールを眺めながら、裸で泳いだから気持ちいいだろうな……なんて考えていたら、心の声が聞こえたわけではないだろうに、桧室が「ふたりきりだ。裸で泳げばいい」と耳朶《じだ》に囁《ささや》く。

その声が孕《はら》むものを感じとって、琉璃は「エッチ」と口を尖《とが》らせた。

テラスのテーブルには、ウェルカムフルーツが用意されている。

TIGER KINGDOMのビュッフェで食べて美味しかったマンゴスチンを見つけて手を伸ばした。熟したものは手で簡単に割れて、中から甘い香りをまとった白い果肉が顔を出す。

「気に入ったようだな」

「日本じゃあまり見ないですし」

ライチやパパイヤは市民権を得てきた印象だが、マンゴスチンやランブータンは、まだまだメジャーとはいいがたい。どちらも日本人好みの甘い果物なのだが、見た目の印象から味を想像しにくいのかもしれない。とくにランブータンは一見すると海の生物に見えかねない。

ライチには何種類もあるらしいが、大粒で果汁たっぷりの実は、いくつでも食べられそうだった。

滴る果汁で手がベトベトになる。琉璃がタオルを探そうとすると、桧室が手首をつかんだ。

「汚れます……」

振り返ったタイミングで、桧室の悪戯《いたずら》な視線とぶつかった。その瞬間には、桧室の意図を汲み取っていたけれど、抗《あらが》う術《すべ》はなかった。

「わ……っ」

琉璃を抱えて、桧室がプールに飛び込んだのだ。

大きな水音が立って、たったいままで静かな水面を湛《たた》えていたプールに波が立つ。

「ぷはっ」

桧室がすぐに引き上げてくれたのもあって水を飲まずに済んだものの、着替えもないのにびしょ濡《ぬ》れだ。

「なにす……っ、敞之さんっ！」

突然のことに驚いて怒る琉璃に、桧室が珍しく笑い声を上げる。

「もうっ」

危ないじゃないですか！　と怒っても、桧室の愉快そうな笑いは止まらなかった。

「〜〜〜っ」

怒った琉璃が、桧室の胸を押しのけてプールを上がろうとすると、追いかけてきた腕に捕まる。そして、口づけられた。

「……んっ」

プールに浮いた状態で、情熱的な口づけを受け取る。力が入らなくなって、桧室の首に縋《すが》った。腰を抱く腕が、琉璃の痩身を支えてくれる。

「めちゃくちゃするんだから……」

濡れた呼吸に喘《あえ》ぎながら、文句を言う。

「ん？」

「なんの説明もなく海外旅行とか、プールに突き落したりとか」

トラは可愛かったし、ビュッフェは美味しかったし、ホテルもすごくてびっくりだけれど、説明くらいあってもよかったはず。桧室は意外と悪戯っ子だ。

「突き落としてないだろう？」

抱っこして飛び込んだだけだと、屁理屈を返される。

「予告がないのは、突き落としたって言うんです」

琉璃の文句を聞き流して、桧室は濡れた着衣の下に手を忍ばせてくる。

「……っ⁉　ダメ……、……んんっ！」

プールでなんて無理！　と抗おうにも、言葉は口づけに塞《ふさ》がれ、浮力によって自由のきかない身体《からだ》は桧室に拘束された状態で、どうにもならない。

水の中で、悪戯な手が琉璃の感じる場所を暴きはじめる。逃げようもなく、琉璃は桧室の首に縋って、甘い吐息を零《こぼ》した。

「ん……、だ…め」

サプライズの連続で、興奮状態にあるためか、それともすっかり桧室のやり方にならされたせいか、琉璃の肉体はすぐに熱を湛えて、水のなかで兆しはじめる。大きな手に扱《しご》かれて、瞬く間に頭を擡《もた》げた。

「放し…て、出ちゃ……」

プールの中で射精を促されるのは嫌だと、頭を振って懇願する。琉璃の泣き顔を満足げに見やって、桧室は痩身をプールサイドに引き上げた。

東屋のベッドに引き倒され、濡れた着衣を乱される。肌に貼《は》りついた布をはぎ取るのは容易ではなくて、桧室は琉璃の細腰からパンツを引き下ろした。片足だけを抜く。自分はフロントをくつろげただけの恰好で、身を進めてくる。

「あ……ぁっ！　……んんっ！」

最低限着衣を乱しただけで繋《つな》がる。陽《ひ》はまだ高く、しかも青い空が望める、ほとんど外と言っていい場所だ。

背徳感がいや増して、琉璃はあっという間に頂に追い上げられた。

「あ……ぁんっ！　い……ぃ、……っ！」

いつも以上に荒々しい突き上げが襲う。衝動的な情交は肉欲を焚《た》きつけ、理性を飛ばす。

「ひ……ぁっ、――……っ！」

奔放な嬌声《きょうせい》とともに、白濁が濡れた着衣を汚す。

「……くっ」

最奥《さいおう》で、熱い飛沫《ひまつ》が弾《はじ》けた。

「……っ、は……ぁっ」

余韻に震える痩身を、桧室がぎゅっと抱きしめてくれる。

淡く啄《ついば》む口づけが落とされる。もっと……とねだったら、今度はたっぷりと口腔《こうこう》を貪《むさぼ》られた。そうしているうちに、また身体が高ぶってくる。

「ベッドに行こうか」

抱き上げようとする桧室を、琉璃が制した。このままここで……と返す代わりに、琉璃のほうから口づける。

一枚一枚、濡れた衣類を難儀しながら脱ぎ落とした。明るい太陽の下、一糸纏《まと》わぬ姿で抱き合う。たっぷりと抱き合って、火照った肌は、プールに飛び込んで冷ました。

太陽光に煌《きら》めく水に沈みながら口づけて、重力のない世界でひとつになる感覚を味わう。またも身体が昂るのを感じて、水面に浮きながら、見つめ合って苦笑した。

「これじゃ、いろんなタイ料理、食べられない」

抱き合ってばかりいたら、出かける時間がなくなる。でも今は、ずっとこうしていたい気分だ。

「ルームサービスにリクエストしよう」

それぞれの地方出身のシェフがいるはずだ。美味しいタイ料理に舌鼓を打ちながら、何度でも抱き合えばいい。

「あとは、野暮な電話がならないことを祈るばかりだ」

今度こそ、琉璃のために空けた時間を邪魔されたくないと、桧室が苦く言う。

「嬉しいけど、無理はしないでくださいね。僕は一緒にいられるだけで幸せです」

自分のために時間を割いてくれるのは嬉しいけれど、そのために桧室に負担をかけたくない。

「多少の無理は、幸せのうちだ」

あまり聞き分けよくなる必要はないと返される。ときにはワガママを言って困らせてもいいのだ、と……。

「じゃあ……」

桧室に抱き上げられて、ベッドに運ばれながら、琉璃はニッコリと提案をした。

「お揃《そろ》いのTシャツ、着てくださいね」

TIGER KINGDOMのロゴ入りTシャツのことだ。

濡れてしまった琉璃には、あれしかもう着替えがない。まさかそう返されるとは思わなかったのだろう、桧室は驚いた顔をして、それからやれやれ……と天を仰ぐ。

後日談として。

土産を受け取った卯佐美とユウキが、ペアルックを試したかどうか、琉璃に尋ねる勇気はなかった。

あとがき

こんにちは、妃川《ひめかわ》螢《ほたる》です。

拙作をお手にとっていただき、ありがとうございます。

今作は、以前に出していただいた『娼館《しょうかん》のアリス』のスピンオフになります。

アリスのほうは可愛らしいお話でしたが、こちらはちょっと切ない純愛ものになりました。

成人カップルゆえの純愛ぶりを、お楽しみいただけたらと思います。

当初はそこまでのつもりはなかったのですが、書きあがってみたら、桧室《ひむろ》以上に勇毅《ゆうき》が腹黒キャラ化していました。

琉璃《るり》にメロメロですっかり恰好つかなくなった桧室とは対照的に、勇毅は話が進めば進むほど鬱々とヤバイやつになっていったような気がしてなりません。

こんなやつに卯佐美《うさみ》を任せていいものか……と書きながら思ったりもしましたが、インプリンティングが済んでしまっているものは、もはやどうしようもありませんね(笑)。

なんだか、結果的に一番カッコいいのは宇條《うじょう》のような気がしてなりません。一応設定上は、彼は受けキャラなんですが……(笑)。

イラストを担当してくださいました高峰《たかみね》顕《あきら》先生、お忙しいなか素敵なキャラたちをありがとうございました。

メインのふたりはカッコ可愛いし、前作カップルはラヴラヴだし、萌えさせていただきました。

またご一緒できる機会がありましたら、そのときはどうかよろしくお願いいたします。

妃川の今後の活動情報に関しては、ブログをご参照ください。

http://himekawa.sblo.jp/

Twitterアカウントもあるにはあるのですが、システムがまったく理解できないまま、ブログ記事が連動投稿される設定だけして、以降放置されております。

ブログの更新はチェックできると思いますので、それでもよろしければフォローしてやってください。

@HimekawaHotaru
皆様のお声だけが執筆の糧です。ご意見ご感想等、気軽にお聞かせいただけると嬉しいです。

それでは、また。

次作でお会いしましょう。

二〇一五年九月吉日　妃川 螢

娼館のアリス《しょうかんのありす》

妃川 螢
イラスト：高峰 顕
本体価格870円+税

数年前に父を亡くしたうえ母も植物状態で寝たきりになってしまい、有栖川琉璃は呆然と公園で佇んでいたところを娼館を営む老人に拾われた。大人になったら働いて返すという約束で、入院費と生活費を援助してもらっていたが自分によくしてくれていた老人が亡くなり、孫である檜室敞之が娼館を相続することになる。オーナーが変わることによって最初は戸惑っていた琉璃。しかし、忙しい彼を癒そうと頑張るうち、自分の前でだけ無防備な彼に徐々に惹かれていく。そんな中、そろそろ１８歳の誕生日を迎える琉璃は借金を清算するため、身請けをされる決意をするが…。

リンクスロマンス大好評発売中

シンデレラの夢《しんでれらのゆめ》

妃川 螢
イラスト：麻生 海
本体855円+税

祖母が他界し、天涯孤独の身となった大学生の桐島玲は亡き祖母の治療費や学費の捻出に四苦八苦していた。そんな折、受験を控えている家庭教師先の一家の旅行に同行して欲しいと頼まれる。高額なバイト代につられてリゾート地の海外に来た玲は、スウェーデン貴族の血を引く製薬会社の社長・カインと出会う。夢が新薬の開発で薬学部に通う玲は、彼の存在を知っていたが、そのことがカインの身辺を探っていると誤解され…。

悪魔侯爵と白兎伯爵《あくまこうしゃくとしろうさはくしゃく》

妃川 螢
イラスト：古澤エノ

本体価格870 円+税

悪魔侯爵ヒースに子供の頃から想いを寄せていた上級悪魔の伯爵レネは、本当は甘いものが大好きで、甘えたい願望を持っていた。しかし、自らの高貴な見た目や変身した姿が黒豹であることから自分を素直に出すことができず、ヒースにからかわれるたびツンケンした態度をとってしまう。そんなある日、うっかり羽根兎と合体してしまい、白兎姿に。上級悪魔の自分が兎など…！　と屈辱に震えながらもヒースの館で可愛がられることになる。嬉しい反面、上級悪魔としてのプライドと恋心の間で複雑にレネの心は揺れ動くが…。

リンクスロマンス大好評発売中

悪魔大公と猫又魔女《あくまたいこうとねこまたまじょ》

妃川 螢
イラスト：古澤エノ

本体870 円+税

ここは、魔族が暮らす悪魔界。黒猫族で執事として悪魔貴族に仕えていたヒルダは主である公爵を亡くし、あとを追うために天界の実を口にする。しかし望んだ結果は得られず、悪魔の証でもある黒色が抜けてしまっただけ。ヒルダは辺境へと引っ込み、やがて銀髪の魔女と呼ばれるようになってしまった。そんな中、「公爵より偉くなったらヒルダを手に入れる」と幼き頃から大人のヒルダに宣言し、約束を交わしていた上級悪魔のジークが、大魔王となりヒルダを自分のものにするために現れて──。

シチリアの花嫁

しちりあのはなよめ

妃川 螢

イラスト：**蓮川 愛**

本体価格870円+税

　遺跡好きの草食系男子である大学生の百里凪斗は、アルバイトをしてお金をためては世界遺産や歴史的遺跡を巡る貧乏旅行をしている。卒業後は長旅に出られなくなるため、凪斗は最後に奮発してシチリアで遺跡めぐりをしていた。そのとき、偶然路地で赤ん坊を保護した凪斗は拉致犯と間違われ、保護者である青年実業家のクリスティアンの館につれていかれてしまう。すぐに誤解は解けほっとする凪斗だったが、赤ん坊に異様に懐かれてしまった凪斗はしばらくクリスティアンの館に滞在することに。そのうえ、なにかとクリスティアンに構われて、凪斗は彼に次第に想いを寄せるようになる。しかしある日、彼には青年実業家とは別の顔があることを知り…。

リンクスロマンス大好評発売中

ゆるふわ王子の恋模様

ゆるふわおうじのこいもよう

妃川 螢

イラスト：**高宮 東**

本体870円+税

　見た目は極上、芸術や音楽には天賦の才を見せ、運動神経は抜群。そんな西脇円華だが、論理はからっきし、頭の中身はからっぽのザンネンなオバカちゃんである。兄のように慕っている元家庭教師・桐島玲の大奮闘のおかげでどうにかこうにか奇跡的に大学に入学できた円華は、入学前の春休みにバリのリゾートホテルで余暇をすごすことに。そこで小学生の頃タイで出会い、一緒に遊んだスウェーデン人のユーリと再会するが…。

マルタイ —SPの恋人—

まるたい —えすぴーのこいびと—

妃川 螢

イラスト：亜樹良のりかず

本体価格 855 円+税

来日した某国首相の息子・アナスタシアの警護を命じられた警視庁ＳＰの室塚。我が儘セレブに慣れていない室塚は、アナスタシアの奔放っぷりに唖然とする。しかも、彼の要望から二十四時間体制で警護にあたることに。買い物や観光に振り回されてぐったりする反面、室塚は存外それを楽しんでいることに気付く。そして、アナスタシアの抱える寂しさや無邪気な素顔に徐々に惹かれていく。そんな中アナスタシアが拉致されしまい…。

リンクスロマンス大好評発売中

鎖 —ハニートラップ—

くさり —はにーとらっぷ—

妃川 螢

イラスト：亜樹良のりかず

本体 855 円+税

警視庁SPとして働く氷上は、ある国賓の警護につくことになる。その相手・レオンハルトは、幼馴染みで学生時代には付き合っていたこともある男だった。しかし彼の将来を考えた末、氷上が別れを告げ二人の関係は終わりを迎える。世界的リゾート開発会社の社長となっていたレオンハルトを二十四時間体制でガードをするため、宿泊先に同宿することになった氷上。そんな中、某国の工作員にレオンハルトが襲われ—？

LYNX ROMANCE

小説原稿募集

リンクスロマンスではオリジナル作品の原稿を随時募集いたします。

募集作品

リンクスロマンスの読者を対象にした商業誌未発表のオリジナル作品。
（商業誌未発表のオリジナル作品であれば、同人誌・サイト発表作も受付可）

募集要項

＜応募資格＞

年齢・性別・プロ・アマ問いません。

＜原稿枚数＞

４５文字×１７行（１枚）の縦書き原稿、２００枚以上２４０枚以内。
※印刷形式は自由。ただしＡ４用紙を使用のこと。
※手書き、感熱紙不可。
※原稿には必ずノンブル（通し番号）を入れてください。

＜応募上の注意＞

◆原稿の１枚目には、作品のタイトル、ペンネーム、住所、氏名、年齢、電話番号、メールアドレス、投稿（掲載）歴を添付してください。
◆２枚目には、作品のあらすじ（４００字～８００字程度）を添付してください。
◆未完の作品（続きものなど）、他誌との二重投稿作品は受付不可です。
◆原稿は返却いたしませんので、必要な方はコピー等の控えをお取りください。
◆１作品につき、ひとつの封筒でご応募ください。

＜採用のお知らせ＞

◆採用の場合のみ、原稿到着後６カ月以内に編集部よりご連絡いたします。
◆優れた作品は、リンクスロマンスより発行させていただきます。
原稿料は、当社既定の印税でのお支払いになります。
◆選考に関するお電話やメールでのお問い合わせはご遠慮ください。

宛先

〒151-0051
東京都渋谷区千駄ヶ谷４−９−７
株式会社　幻冬舎コミックス
「リンクスロマンス　小説原稿募集」係

この本を読んでの
ご意見・ご感想を
お寄せ下さい。

〒151-0051
東京都渋谷区千駄ヶ谷4-9-7
(株)幻冬舎コミックス　リンクス編集部
「妃川《ひめかわ》 螢《ほたる》先生」係／「高峰《たかみね》 顕《あきら》先生」係

リンクス ロマンス

娼館のウサギ

2015年9月30日　第1刷発行

著者……………妃川《ひめかわ》 螢《ほたる》
発行人…………石原正康
発行元…………株式会社　幻冬舎コミックス
〒151-0051　東京都渋谷区千駄ヶ谷4-9-7
TEL 03-5411-6431（編集）
発売元…………株式会社　幻冬舎
〒151-0051　東京都渋谷区千駄ヶ谷4-9-7
TEL 03-5411-6222（営業）
振替00120-8-767643
印刷・製本所…株式会社　光邦
検印廃止

ISBN978-4-344-83529-0 C0293
Printed in Japan

幻冬舎コミックスホームページ　http://www.gentosha-comics.net

本作品はフィクションです。実在の人物・団体・事件などには関係ありません。